DER TIGER UND SEINE BRAUT

Lion's Pride, Band 4

EVE LANGLAIS

Copyright © 2020 Eve Langlais

Englischer Originaltitel: »A Tiger's Bride (A Lion's Pride Book 4)«
Deutsche Übersetzung: Birga Weisert für Daniela Mansfield Translations
2020

Alle Rechte vorbehalten. Dies ist ein Werk der Fiktion. Namen, Darsteller, Orte und Handlung entspringen entweder der Fantasie der Autorin oder werden fiktiv eingesetzt. Jegliche Ähnlichkeit mit tatsächlichen Vorkommnissen, Schauplätzen oder Personen, lebend oder verstorben, ist rein zufällig.
Dieses Buch darf ohne die ausdrückliche schriftliche Genehmigung der Autorin weder in seiner Gesamtheit noch in Auszügen auf keinerlei Art mithilfe elektronischer oder mechanischer Mittel vervielfältigt oder weitergegeben werden.

Titelbild entworfen von: Yocla Designs © 2019/2020
Herausgegeben von: Eve Langlais www.EveLanglais.com

eBook ISBN: 978-1-77384-139-7
Taschenbuch ISBN: 978-1-77384-140-3

Besuchen Sie Eve im Netz!
www.evelanglais.com
www.facebook.com/eve.langlais.98
twitter.com/evelanglais

1

Kapitel Eins

WIE VIEL ÄRGER WÜRDE ES WOHL MACHEN, WENN ICH DIE Braut entführe, bevor die Hochzeit stattfindet?

Wahrscheinlich mehr als Meena wert war – trotz ihrer beeindruckenden Gene – und deshalb saß Dmitri auf einem Stuhl in der hinteren Reihe des provisorischen Außenempfangsbereichs, anstatt eine große Entführung zu planen.

Und nein, seine missmutige Miene bedeutete nicht, dass er sauer war. Er bedauerte Meena dafür, dass sie die falsche Wahl getroffen hatte. Offensichtlich hätte er den viel besseren Ehemann abgegeben. Und es waren die Fakten und nicht reine Arroganz, die ihn sich dessen so sicher machten.

Leider begriff Meena nicht, wie großartig er wirklich war. Sie hatte seinen Heiratsantrag zu seinem großen Entsetzen abgelehnt – nicht dass er ein Nein als Antwort akzeptiert hätte. Sobald er ihre prächtigen Hüften erblickt hatte – die für das Gebären großer, starker Jungen wie geschaffen waren –, wollte er, dass sie diejenige war, mit der er seine Dynastie der Töwen gründet.

Er sollte klarstellen, dass er nicht Tigger meinte, womit seine Schwester ihn absichtlich neckte, als sie von seinem

Plan hörte. Töwen waren sein Ziel, eine Tiger-Löwen-Mischung, eine beeindruckende Kreuzung, die zu Stärke, Größe und einem fabelhaften Fell führte. Um diesen wunderbaren Hybrid-Mix zu kreieren, brauchte er jedoch die perfekte Partnerin. Als männlicher Sibirischer Tiger in bester Gesundheit mit ausgezeichneter Abstammung, wunderbarer Statur und üppigem Haar besaß er bereits eine beachtliche Größe. Vereinte er nun seine ausgezeichneten Gene mit denen einer robusten Löwin, würden tolle Babys dabei herauskommen.

Oder zumindest war das der Plan gewesen, bevor ein anderer Mann ihm Meena vor der Nase weggeschnappt hatte. Vergessen wir mal die Tatsache, dass Meena alles andere als angetan von seinem Plan gewesen war, sogar so sehr, dass sie vor ihm geflohen war – obwohl er die Tür abgesperrt, die Fenster vergittert und eine abgelegene Gegend gewählt hatte, die sie nicht hatten aufhalten können –, bevor er einen Ring an ihren Finger stecken konnte. Natürlich hatte er ihren Widerstand bemerkt. Aber sie hätte sich irgendwann gefügt. Wie konnte man ihn nicht lieben? Seine Mutter sagte, er wäre perfekt. Seine Großmutter sagte, er wäre der Stolz des gesamten Stammbaums. Und was seine Schwester betraf? Wen kümmerte es schon, was sie sagte?

Aber nein, Meena musste sich als hartnäckig erweisen und ihn schließlich zugunsten eines Omega-Ligers zurückweisen. Die Schande. Die Enttäuschung. Die Erleichterung, dass er sich nicht mit dieser dickköpfigen, hartnäckigen Frau abgeben musste.

In gewisser Weise hatte Meena ihm einen Gefallen getan. Je mehr er sich ihren Eskapaden ausgesetzt sah, desto mehr wurde ihm klar, dass sie einfach nicht zueinander gepasst hätten. Kein bisschen.

Zum einen bevorzugte Dmitri seine Frauen gefügig. Es gab in seinem Leben bereits genügend dominante Frauen, angefangen bei seiner Mutter – »*Du willst doch wohl nicht allen Ernstes das anziehen, oder? Warte, ich suche dir was Passendes heraus. Schließlich haben wir ein gewisses Image, das wir bei den Unterschichten aufrechterhalten müssen.*« In der Tat Czarina. Seine Mutter litt unter Größenwahn und einer Vergangenheit, in der ihre Familie regiert hatte.

Dann waren da noch seine Schwester und seine Großmutter, beide hatten viel zu viele Ideen darüber, wie eine geeignete Frau für einen russischen Lord auszusehen hatte – ein Mafia-Lord, aber immerhin noch jemand von Bedeutung. Während die breite Bevölkerung, zumindest die menschliche, seine Überlegenheit und Dominanz vielleicht nicht erkannte, erkannten die Bewohner der Wandlerwelt in Russland ihn als das, was er war. Ein mächtiger Mann, mit dem sich niemand anlegen sollte.

Meena hatte es gewagt, sich mit ihm anzulegen. Sie hatte sich ihm widersetzt. Sie war ihm entkommen und würde innerhalb weniger Minuten zum Problem eines anderen Mannes werden. Seine innere Katze atmete bei diesem Gedanken doch wohl nicht erleichtert auf?

Was ihn betraf, so war er wieder am Anfang. Keine Frau. Keine Perspektive. Kein –

Etwas Leckeres kommt uns entgegen.

Tatsächlich kam dort etwas Köstliches mit breiten Hüften, hoch aufragenden Beinen und einem Duft, bei dem er sich am liebsten auf den Rücken gerollt und die Beine in die Luft gestreckt hätte, um sich ordentlich zu wälzen. Ihm lief quasi das Wasser im Mund zusammen, als er die wunderschöne weibliche Silhouette anstarrte. Und was ihr Gesicht betraf? Sie sah aus wie Meena, war aber nicht sie.

Was bedeutet das? Hatte die genetisch perfekte Meena etwa eine Schwester? Eine unverheiratete? Konnte er so viel Glück haben?

Ein Murmeln ging durch die Menge und er hörte den Satz: »Hier kommt Ärger«, mehrfach von den Anwesenden.

Sicherlich sprachen sie nicht von der Göttin, die er gerade mit seinem Blick auszog.

Er war gefesselt und konnte nicht anders, als die stattliche Blondine anzustarren, als sie mit Anmut den Gang hinab schritt, den Kopf hocherhoben, der lange Hals verlockend, mit schwingenden Hüften. Der Inbegriff von Eleganz. Zumindest war sie das, bis ihr Absatz in einer Falte im roten Teppich hängen blieb und sie kreischte, als sie hinfiel.

Fast wäre er von seinem Sitz aufgesprungen, um sie zu retten, aber zu viele Hände halfen ihr bereits, wieder auf die Beine zu kommen. Jetzt zu ihrer Rettung zu eilen würde zu viel Aufmerksamkeit erregen.

Wir müssen unser Interesse verbergen, damit die Leute es nicht bemerken.

Seine Intrigen geheim zu halten könnte sich jedoch als schwierig erweisen, da er den Blick nicht von der Frau abwenden konnte. Sie zog ihn magisch an.

Ich will sie. Es war nicht nur sein Tiger, der den Drang verspürte, sich an der reizenden Kreatur zu reiben.

Die Zahnräder in seinem Kopf drehten sich, als er plante. Vielleicht war diese Reise nach Amerika doch nicht umsonst gewesen.

Kurz darauf, als seine Ex-Verlobte am Arm ihres Vaters vorbeikam, schenkte er ihr keine Beachtung. Wen kümmerte das? Sicherlich nicht ihn. Schon komisch, dass er Meena in ihrem weißen Kleid keines einzigen Blickes würdigte und er stattdessen jeden Zentimeter der unbekannten Frau musterte. Die Ähnlichkeit mit seiner ehemaligen Verlobten war erschreckend und doch bemerkte er gleichzeitig die deutlichen Unterschiede. Zum einen, wie sie sich verhielten. Das Objekt seines Interesses sah trotz der beeindruckenden Größe irgendwie zerbrechlich aus.

Die Zeremonie war kaum beendet, als Dmitri auf der Jagd war und sich mit beständigem Interesse auf seine zukünftige Braut zubewegte – er war immer ein Mann der schnellen Entscheidungen gewesen –, bis ein stämmiger Mann ihm in den Weg trat.

Dmitri war selbst kein kleiner Mann und scheute sich nicht vor dem wütenden Blick des Wesens vor ihm. Im Gegenteil, er hielt den Kopf in einem Winkel, von dem ihm seine Mutter in jungen Jahren erklärt hatte, dass er sich für einen Fürsten geziemte, da er immer auf die Leute herabschauen musste, auch wenn diese größer waren als er selbst, sah den Mann an und sagte mit einer Arroganz, die nur die wahrlich Großen erreichen können: »Du bist mir im Weg.« Die unausgesprochene Drohung besagte: *Geh mir aus dem Weg, bevor ich dich aus dem Weg räume.*

Außer dass der ziemlich große Kerl anscheinend die Einschüchterung nicht begriff, wahrscheinlich weil er selbst eine gute Dosis davon ausstrahlte. Meenas Vater war niemand, der sich vor irgendjemandem verbeugte, auch wenn er nur der Arbeiterklasse angehörte.

»Warum zum Teufel starrst du meine Tochter an?«

»Ist es nicht das Vorrecht eines verstoßenen Verlobten, den Verlust einer wunderbaren Frau zu beklagen?«

Peter, mit dem er schon mal Armdrücken gemacht und Wodka getrunken hatte, lachte abfällig. »Oh bitte, wir wissen doch beide, dass du nicht in Meena verliebt warst.«

»Ich hatte vor, sie zu heiraten.«

»Aber nur, um Superbabys zu machen. Das weiß ich. Das wissen wir alle. Doch du hast sie verloren. Aber du weißt ganz genau, dass ich von einer anderen Tochter gesprochen habe. Teena. Du hast sie angesehen, als wäre sie ein frisch geschnittenes Porterhouse-Steak, das nur darauf wartet, von dir verspeist zu werden. Und ich sage dir gleich, dass du damit aufhören musst.«

Teena. Jetzt kannte er ihren Namen. Und es gab nun auch eine große Gefahr, mit der er umgehen musste. Der Tag wurde immer besser. »Deine andere Tochter, Teena, ist sie unverheiratet?«

Peter ließ ein leises Knurren hören. »Das geht dich gar nichts an. Halte ich von ihr fern. Sie ist nicht wie ihre Schwester. Sie ist zartbesaitet.«

Und ungeschickt, da sie es schaffte, einen Kellner mit einem Tablett mit Getränken umzustoßen, sodass er auf seinem Hintern landete. Zumindest war in den Gläsern, die verschüttet wurden, nur Weißwein, was bedeutete, dass nur feuchte Flecke und keine Verfärbungen bei denen zurückblieben, die von der herumspritzenden Flüssigkeit getroffen wurden.

»Was veranlasst dich zu denken, dass ich sie mit weniger als größter Fürsorge behandeln würde?«

»Ich kann sehen, wie sich die Räder in deinem hinterhältigen Verstand drehen. Du hast die eine Tochter nicht bekommen, also willst du jetzt die andere kriegen. Hör zu, Junge, ich weiß nicht, wie es in Russland funktioniert, aber hier im guten, alten Amerika verfolgen wir keine Frauen und zwingen sie zur Heirat. Ob es uns gefällt oder nicht, es gibt etwas namens Frauenbewegung, was bedeutet, dass sie die Wahl haben, mit wem sie ihr Leben verbringen möchten.«

»Du würdest mich also als Verehrer deiner Tochter akzeptieren, wenn ich ihr die Wahl ließe?«

»Nein.«

»Warum nicht? Ich bin wohlhabend. Wohlerzogen. Ich kann dir versichern, dass ich treu bin und ich würde mein Ehegelübde sehr ernst nehmen. Also frage ich dich erneut: warum nicht?«

Bei seiner Frage zog Teenas Vater die Augenbrauen zusammen. »Leg dich nicht mit mir an, Junge. Und leg dich nicht mit meiner Tochter an. Teena ist zu unschuldig, um mit einem Typen wie dir fertigzuwerden.«

Unschuldig? Was für eine wunderbare Neuigkeit. Dadurch wurde sein Bedürfnis, sie zu besitzen, nur noch größer, obwohl ihr Vater etwas dagegen hatte. »Ich denke, dass diese Entscheidung deine Tochter treffen sollte.«

»Und ich sage dir gleich, dass ich diesmal nicht dabei zusehen werde, wie du Teena verfolgst, genau wie du Meena verfolgt hast.«

Dmitri schürzte die Lippen und machte ein Geräusch. »Verfolgen ist wohl ziemlich krass ausgedrückt, findest du nicht? Schließlich hatte deine Tochter unserer Verlobung zugestimmt. Es ist nicht meine Schuld, dass sie später kalte Füße bekommen hat.«

Peter verdrehte die Augen. »Sind alle Russen so arrogant und dumm? Sie hat nie zugestimmt. Du hast sie eingesperrt. Und jetzt hör mal zu, du begriffsstutziger Esel, denn ich werde dich nicht noch einmal warnen. Halt. Dich. Von. Teena. Fern. Der einzige Grund dafür, dass du noch lebst, ist der, dass ich dem Alphatier des Rudels versprochen habe, ihm keinen diplomatischen Albtraum zu bescheren. Aber gib mir nur Grund genug, und du und ich werden dem Wald einen kleinen Besuch abstatten. Und wenn wir das tun, wird nur einer von uns lebend zurückkehren.«

Dmitri war niemand, der sich von Drohungen einschüchtern ließ, also verzog er die Lippen zu etwas, das seine Feinde als bedrohliches Lächeln einstuften. »Sag mir einfach Bescheid, wann du in den Wald gehen möchtest, allerdings solltest du dich vielleicht vorher bei allen verabschieden, bevor wir losziehen. Ich bin mir sicher, dass deine Familie dich vermissen wird.« Selbstvertrauen war schon von Jugend an Dmitris bester Freund gewesen.

Seine Antwort überraschte den älteren Mann, der auflachte. »Leicht einzuschüchtern bist du nicht, Junge. Das muss man dir lassen. Und unter anderen Umständen würde ich vielleicht zulassen, dass du meiner kleinen Tochter den Hof machst. Allerdings werde ich es nicht zulassen, dass meine süße kleine Katze einen Fremden von einem anderen Kontinent heiratet und wegzieht.«

Dmitri betrachtete diese Worte als teilweises Einverständnis, dass er seiner Tochter den Hof machen durfte, auch wenn er diesen Wunsch nicht noch einmal laut vorbrachte. Es gab keinen Grund, diejenigen zu warnen, die gegen seinen Plan waren.

Und er hatte Pläne, verführerische, schändliche Pläne. Wie auch immer eine Person sie nennen wollte, er hatte nicht die Absicht, diese Party zu verlassen, zumindest nicht ohne eine bestimmte Dame an seiner Seite.

Ob sie nun willens war oder nicht.

Brüll.

2

Kapitel Zwei

DER BLICK ZWISCHEN IHREN SCHULTERBLÄTTERN brannte. Kribbelte. Erweckte ihre neugierige Katze. Er brachte Teena dazu, sich umdrehen und nachschauen zu wollen. Doch sie wusste, dass es seltsam aussähe. Schließlich war sie die Trauzeugin und stand damit im Mittelpunkt der Aufmerksamkeit.

Trotzdem wollte sie wirklich wissen, wer zum Teufel sie so konzentriert beobachtete.

Sie hatte das Gewicht des Blicks fast sofort gespürt, als sie den Gang entlanggegangen war. Noch seltsamer war, dass das Bewusstsein, dass jemand sie begierig beobachtete, sie nicht erschreckte. Im Gegenteil, es erregte ihre Aufmerksamkeit, eine schmelzende Wärme, die durch ihre Adern floss und alle ihre Sinne weckte.

Es war auch dieses gesteigerte Bewusstsein, dem sie ihre wenig graziöse Reise auf den Boden zuschrieb – dem und dem gemurmelten: »Hier kommt Ärger.«

Sie hatten mit ihrer Einschätzung völlig recht. Teena bewies sicherlich immer wieder, dass sie ein Magnet für

Ärger war, besonders wenn sie im Rampenlicht stand, so wie jetzt.

Der rote Teppich, der auf einem gepflegten Rasen lag, hatte eine winzige Falte und verbündete sich zusammen mit ihren hohen Absätzen gegen sie.

Wenn eine Löwin auf der Hochzeit hinfällt, hört jeder davon – und kommentiert es.

»Oooh«, machte die Menge, die zusah. Es krachte, als sie auf dem Boden aufkam. Dann rief ihre Tante voller Panik: »Schnell, hilf jemand ihr auf! Sie erdrückt den armen Onkel George.«

Und sie war nicht nur auf ihm gelandet.

Na toll, seht mich an, es ist mir gelungen, gleich drei Hochzeitsgäste auf einmal zu zermalmen.

Mit geröteten Wangen – eine Gewohnheit, die sie im Laufe der Jahre trotz ihrer zahlreichen Missgeschicke nicht abgelegt hatte – war sie mithilfe einiger helfender Hände wieder auf die Beine gekommen. Allerdings konnte sie vergessen, auch nur noch einen Schritt in ihren hohen Schuhen zu machen. Ein Absatz wackelte bedrohlich, also zog sie mit hochrotem Kopf, der sicherlich einer Tomate Konkurrenz machte, ihre Schuhe aus und beendete ihren wenig eleganten Gang entlang des roten Teppichs.

Als sie vor den teilnehmenden Gästen stand und ihren Platz als Brautjungfer eingenommen hatte, bekam sie endlich die Chance, ihren Blick über die Anwesenden schweifen zu lassen. Es dauerte nicht lange, bevor sie denjenigen ausgemacht hatte, der für den sengenden Blick verantwortlich gewesen war. Er gehörte zu einem Mann ganz hinten im Publikum, der in einen eleganten, dunkelgrauen Anzug gekleidet war, der perfekt zu seinen breiten Schultern passte. Er hatte die langen Beine zur Seite gestreckt, sodass seine Füße in den Gang hinausragten. Er war ein großer Mann. Und auf sinnliche Weise sexy, mit schwarzem Haar, das rotgolden schimmerte, und einem Blick, der sie auf der Stelle fesselte.

Sie spürte Schmetterlinge im Bauch und diesmal hatte ihr Erröten nichts mit Verlegenheit zu tun.

Wir werden bewundert, bemerkte ihre innere Löwin zufrieden, als sie den offensichtlich ehrfurchtsvollen Blick bemerkte.

Teena wäre am liebsten im Erdboden versunken. War es nicht wieder klar, dass der attraktivste Mann im ganzen Raum mitbekommen hatte, wie sie hingefallen war? Andererseits, wunderte es sie überhaupt noch? Bisher hatte sie nicht viel Glück bei den Männern gehabt und die Tatsache, dass sie Ärger anzog, half dabei auch nicht gerade. Für ein Mädchen, das an ein Happy End glaubte, hatte sie bis jetzt hauptsächlich Idioten kennengelernt und keine Helden.

Aber hey, wenn Meena einen Mann finden kann, kann ich das auch.

Ihre Zwillingsschwester war für ihre überschwängliche Art und ihr wenig damenhaftes Verhalten bekannt. An der Highschool war man davon ausgegangen, dass sie wahrscheinlich auf einer einsamen Insel stranden oder von einem ihrer Opfer getötet werden würde.

Und trotzdem hatte Meena einen Lebensgefährten gefunden, und noch dazu einen ausgesprochen attraktiven, der Meena mit einer romantischen Hochzeit überrascht hatte, der Teena jetzt gerade beiwohnte. Eine Hochzeit, an der auch ihr vorheriger Verlobter, den sie zurückgewiesen hatte, teilnahm.

Da sie den Fremden nicht kannte und sein aristokratisches Gebaren irgendwie fehl am Platz wirkte, wusste Teena augenblicklich, um wen es sich bei diesem Mann handeln musste. Kein Wunder, dass er sie mit solch großem Interesse anstarrte.

Das ist also der berüchtigte Dmitri.

Er ist ziemlich attraktiv. Und er starrt mich an.

Man musste kein Genie sein, um eins und eins zusammenzuzählen und zu verstehen, woher sein Interesse rührte. Er hatte die eine Schwester nicht bekommen, also versuchte er es nun bei der anderen.

Wirklich schade, dass sie ihn nicht zuerst kennengelernt hatte. Es hätte Teena gefallen, das Objekt der Begierde dieses Mannes zu sein, auch wenn sein Interesse – das, wie Meena lang und breit erklärt hatte, hauptsächlich auf gebärfreudigen Hüften beruhte – ein wenig der Logik entbehrte.

Vielleicht hätte der heiße russische Tiger sie am Anfang nur ihrer Gene wegen gewollt, doch Teena hätte sichergestellt, dass er sich am Ende in sie verliebte. Oder ihn aus Versehen bei dem Versuch getötet.

Als die Zeremonie vorbei war, bemerkte Teena mit angehaltenem Atem, dass er direkt auf sie zukam, nur um von ihrem überfürsorglichen Vater aufgehalten zu werden.

Seufz.

Und damit waren alle Hoffnungen dahin, dass dieser Dmitri sie umhauen und alles dafür tun würde, damit sie einwilligte, ihn zu heiraten.

Schade. Denn selbst wenn sie zweite Wahl gewesen wäre, hätte Teena eine romantische Liebesgeschichte durchaus gebrauchen können.

Von ihren kichernden Cousinen umgeben tat Teena ihr Bestes, ihre Schwester davon abzuhalten, weiteres Chaos zu verursachen, und versuchte, nicht auf Dmitri und ihren Vater zu achten. Doch immer wieder wanderte ihr Blick zu ihnen, und das war auch der Grund dafür, dass sie den armen Kellner nicht sah, der neben sie getreten war, um ihr ein Getränk anzubieten.

Tante Patty war immerhin freundlich genug gewesen zu rufen: »Mach dir darüber keine Gedanken, meine Liebe. Mir war ohnehin viel zu heiß«, als sie von den Weinspritzern getroffen wurde. Aber natürlich machte Teena sich trotzdem Sorgen. Obwohl sie sich die meiste Zeit über ziemlich elegant bewegte, brauchte es nur einen falschen Schritt, eine falsche Drehung oder nur ein Vornüberbeugen, um eine Münze vom Bordstein aufzuheben, um eine Katastrophe zu verursachen.

Aufgrund ihrer unglaublichen Fähigkeit, Unglück heraufzubeschwören, war sie schon häufiger bei Verabredungen sitzen gelassen worden, manchmal sogar mit der Rechnung.

Nichts war peinlicher, als wenn ein potenzieller Partner nicht vom Klo zurückkam, nachdem sie ihm aus Versehen Hummersoße ins Gesicht gespritzt hatte, während sie versuchte, eine der Scheren zu öffnen.

Seitdem hielt sie sich bei Verabredungen an leicht zu verspeisende Gerichte, was allerdings nicht unbedingt bedeutete, dass sie ein glücklicheres Ende nahmen, was auch häufig daran lag, dass sie oft keine dritte Verabredung bekam, wenn sie nach der ersten oder zweiten nicht mit dem jeweiligen Kandidaten schlief. Die Tatsache, dass sie keinen Sex vor der Ehe wollte, sorgte dafür, dass einige Männer sie von ihrer Liste gestrichen hatten.

Anscheinend konnten sie nicht mit Abstinenz umgehen.

Die Tatsache, dass sie sich vorgenommen hatte, bis zur Ehe mit *dem Richtigen* unbefleckt zu bleiben, hatte dazu geführt, dass sie jetzt Mitte zwanzig und noch immer Jungfrau war, worüber Meena sich schier endlos amüsieren konnte.

»*Schwesterherz, worauf zum Teufel wartest du noch?*«

Einen Ehemann. Wahre Liebe. Den perfekten Moment.

Eine unmögliche Fantasie.

Teena hatte nicht die gleiche draufgängerische Einstellung wie ihre Schwester. Genau betrachtet war eigentlich niemand wie ihre Zwillingsschwester Meena, die gerade kreischend auf die »Schlampe« losging, die es gewagt hatte, mit ihrem frischgebackenen Ehemann zu flirten.

Kopfschüttelnd wandte sich Teena von dem Blutvergießen und Haareziehen ab. Sie hatte es schon oft gesehen. Und trotzdem war sie noch immer bestürzt darüber. Offensichtlich hatten die Lektionen über anständiges Verhalten bei Teenas Zwillingsschwester nicht gefruchtet.

Und was Teena anging, so tat sie ihr Bestes, um sich wie eine Dame zu verhalten, aber manchmal fragte sie sich, ob es nicht besser wäre, nach dem Vorbild ihrer Schwester zu handeln. Sie schien sehr viel mehr Spaß zu haben.

Ein Schaudern lief ihre Wirbelsäule entlang und ein Prickeln warnte sie, kurz bevor eine Stimme mit Akzent sagte: »Entschuldigen Sie bitte. Ich glaube, wir hatten noch nicht das Vergnügen, einander vorgestellt zu werden.«

Sie wirbelte herum und sah sich dem Russen gegenüber. Aus der Nähe war er sogar noch eindrucksvoller und attraktiver. Es gab nicht viele Männer, bei denen sie sich klein fühlte. Bei ihm jedoch schon, da seine Größe und Breite perfekt zu ihrer eigenen Größe passten. Sein dunkles Haar, das einen leichten orangegoldenen Schimmer seines inneren Tigers zeigte, schien weich zu sein und hatte genau die richtige Länge, um die Hände darin zu vergraben. Eine klassische Nase, hohe Wangenknochen und ein markantes, trotziges Kinn, durchbrochen von vollen, sinnlichen Lippen, die zu einem verführerischen Lächeln verzogen waren, versprachen höchste körperliche Freude.

Der Blick seiner intensiven, hellblauen Augen traf ihren. Sein Duft nach herbem Aftershave, wild und sinnlich, wehte ihr in die Nase und raubte ihr einen Moment lang den Atem. Außerdem raubte er ihr die Fähigkeit, klar zu denken.

Sie zwinkerte ein paarmal dümmlich, während sie versuchte, die richtigen Worte zu finden, um ihm zu antworten. Dazu brauchte sie eine gute Minute, doch schließlich gelang ihr ein eloquentes »Hi«.

So viel zu all ihren Lektionen in Small Talk. Hätten sie sich nicht in der Öffentlichkeit befunden, hätte sie vielleicht eine Wand gesucht, um ihren Kopf dagegen zu schlagen.

»Hallo.« Oh, wie seine dunkle Stimme sie entzückte, doch nicht so sehr wie das sinnliche Interesse seines Blickes. Sie senkte ihren Blick nicht, jedoch nur, weil sie von ihm wie verzaubert war. »Ich bin Dmitri.«

»Weiß ich.« So sah gekonnte Konversation aus.

Er zog eine Augenbraue hoch, verzog die Lippen zu einem Lächeln und auf seiner Wange erschien ein Grübchen. Eine tödliche Kombination. »Wie ich sehe, eilt mein Ruf mir voraus.«

»Das tut er tatsächlich, fast wie der Gestank eines Stinktieres«, warf eine Löwin aus dem Rudel – Luna, eine gute Freundin und ihre Cousine – ein und gesellte sich zu ihnen. »Ich sage es ja nur ungern, Großer, aber hier halten dich alle für einen Stalker.«

»Stalker? Wohl eher nicht. Ich bin ein Bewunderer.«

Teena biss sich auf die Lippe, um nicht zu lächeln, was ziemlich schwer war, besonders weil er ihr zuzwinkerte, als er das sagte.

Luna hatte kein Problem damit, seine Flirtversuche zu ignorieren. »Versuche nur nicht, deinen geschmeidigen, russischen Charme zu versprühen, mein Freund. Lass Teena in Ruhe und verschwinde.«

»Wie interessant, dass du das sagst, ihr Vater gab mir dieselbe Warnung. Hat *Teena*«, und ja, er schnurrte ihren Namen geradezu, »gar nichts dazu zu sagen?«

Und da er sie ansah, konnte sie nicht umhin zu erwidern: »Ich entscheide selbst, mit wem ich rede und mit wem ich mich abgebe.« Was in aller Welt? Teena fragte sich, ob sie wohl auch so überrascht aussah, wie sie sich fühlte. Hatte sie das jetzt gerade tatsächlich von sich gegeben?

Offensichtlich, wenn man betrachtete, wie Luna der Mund offen stehen blieb und Dmitri erfreut lächelte.

»Die Dame hat gesprochen. Du kannst jetzt gehen«, erklärte er Luna mit selbstgefälligem Ton.

Die Fremde in Teena meldete sich erneut zu Wort. »Die Dame sagt, du solltest deinen Tiger im Zaum halten, Großer. Denn während ich mir das Recht vorbehalte, meine eigenen Entscheidungen zu treffen, mit wem ich spreche und mit wem nicht, habe ich nie gesagt, dass du zu diesem elitären Kreis zählst.«

Bei diesen Worten war er alles andere als eingeschnappt, stattdessen wurde sein Lächeln breiter. »Ist das deine subtile amerikanische Art, mich darum zu bitten, dich zu umwerben?«

»Ich denke, wir sind alle mit deiner Art, um jemanden zu werben, bestens vertraut«, murmelte Luna düster. »Entführung, Freiheitsberaubung und Drohungen entsprechen deiner Gepflogenheit, eine Freundin zu bekommen.«

»Aber sind es nicht genau die Methoden, mit denen der Held in jedem Liebesroman seine Braut bekommt?«

Teena runzelte die Stirn und konnte nicht umhin zu fragen: »Was weißt du schon von Liebesromanen?«

»Das spielt jetzt keine Rolle.«

Luna kicherte. »Finde ich aber schon. Sag mir jetzt nicht, du liest Liebesromane?«

Wenn man von der leichten Röte ausging, die seine markanten Wangen hinaufkroch, tat er es tatsächlich. Und das schien so unwahrscheinlich, dass Teena es für ganz zauberhaft erachtete. Sie sprang ihm bei. »Ich finde es bewundernswert, wenn ein Mann sich seiner Männlichkeit sicher genug ist, dass er etwas lesen kann, das traditionell als Frauenlektüre erachtet wird, einfach nur, weil es ihm gefällt.«

Er schnaubte. »Ich lese Liebesromane in dem Versuch, den Morast, den der weibliche Verstand darstellt, besser zu verstehen. Doch obwohl ich mein Bestes tue, um das Verhalten der männlichen Helden in diesen Romanen nachzuahmen, werde ich nicht mit dem gleichen Erfolg belohnt. Mit anderen Worten: Ich habe noch nicht die perfekte Braut gefunden.«

»Ist es dir jemals in den Sinn gekommen, es damit zu versuchen, sich mit jemandem zu verabreden?«, fragte Luna genervt. »Mir ist schon klar, dass du es wahrscheinlich normalerweise mit aufblasbaren Puppen zu tun hast, die nicht viel Aufmerksamkeit erfordern, eine echte Frau hingegen benötigt ein wenig mehr. Zum Beispiel, dass man sie zum Essen einlädt, ihr zuhört, wenn sie spricht, und freundlich zu ihr ist, ihr die Tür aufhält und ihr Blumen kauft, und sie nicht entführt und sie als Gefangene im Kerker hält.«

»Zu deiner Information, es handelte sich nicht um einen Kerker, sondern um einen Turm.«

Aus irgendeinem Grund fand Teena das unglaublich witzig. Erst kicherte sie, dann begann sie zu lachen. »Das erklärt auch, warum Meena sich plötzlich lange Haare wie Rapunzel gewünscht hat.«

»Als würde sie die brauchen. Meine Männer und ich sind noch immer erstaunt über die Tatsache, dass sie aus diesem Raum entkommen konnte. Eigentlich hätte das Schloss narrensicher sein müssen.«

Teena zuckte mit den Achseln. »In solchen Sachen war sie schon immer gut.«

»Und du bist wie sie? Du weißt, wie man ein Schloss knackt und ein Motorrad kurzschließt?«

»Nein. Aber ich kann stricken.« Es war ein ziemlich unspektakuläres Talent und sie hielt ihm zugute, dass er nicht lachte. Ganz im Gegenteil, er schien freudig überrascht.

»Das ist gut zu wissen.«

Luna stieß ihm einen Finger in die Brust. »Oh nein, das ist es nicht. Du wirst sie nicht entführen, wie du es mit Meena gemacht hast. Teena ist zu gutherzig, um dir zu entkommen, und das bedeutet, dass wir alle zu dir kommen und dir den Hintern versohlen müssen, wenn wir sie retten.«

Sie ärgerte sich über den Mangel an Vertrauen, den ihre Freundin in sie hatte. Teena war nicht so inkompetent, wie sie sie darstellte, und wer sagte überhaupt, dass sie gerettet werden wollte? Es lag etwas Düsteres und unglaublich Verlockendes in Dmitris entspannter Selbstsicherheit und dominanter Art.

Wenn ich doch nur nicht seine zweite Wahl wäre.

Dmitri straffte die Schultern und sah Luna mit seinem arroganten Blick an. »Wer behauptet überhaupt, dass Teena gerettet werden möchte? Ich bin ein alleinstehender Mann von guter Abstammung, ausgesprochen wohlhabend und –«

»Mindestens ebenso arrogant«, fügte Teena kopfschüttelnd hinzu. »Luna hat recht. Es ist wahrscheinlich besser, wenn du dir jemand anderen suchst, dem du deine Aufmerksamkeit widmen kannst.« Merkwürdig, wie allein der Gedanke daran ihre innere Löwin zum Knurren brachte, während die Frau in ihr enttäuscht war.

Ihre Enttäuschung war sogar noch größer, als er sagte: »Wie du willst«, und sich abwandte und ging.

Und es war nicht nur ihre innere Katze, die traurig miaute.

Anscheinend bin ich der Mühe doch nicht wert.

3

Kapitel Drei

Starrköpfige Frauen machten Dmitri das Leben schwer und es schien, als würde das Schicksal es genießen, sie ihm ständig über den Weg laufen zu lassen. Besonders wenn er vorhatte, sich mit einer Frau niederzulassen.

Als er Teena begegnet war, hatte er gehofft, dass sie sich als leicht zu bezaubern erweisen würde und dass sie von ihm genauso fasziniert wäre wie er von ihr. Aber nein. Sie hatte ihm befohlen, sie in Ruhe zu lassen, und daraufhin war er gegangen.

Wegzugehen widersprach eigentlich seiner Erziehung. Der russische Adel, selbst die Wandler, gab sich niemals geschlagen. Von einer Mutter, die die Bedeutung des Verlierens nicht verstand, angestachelt, gab Dmitri niemals auf. Der Sieg war die einzige Option. Doch selbst der berühmteste General wusste, wann er sich zurückziehen und sich neu formieren musste, besonders in heiklen Situationen wie dieser.

Umgeben vom Feind, auch bekannt als ihre verdammte, wohlmeinende Familie, musste er vorsichtig vorgehen. Keiner von ihnen wollte, dass er die üppige Teena stahl. Aber ihre

Meinung spielte keine Rolle, denn er hatte einen Schimmer der Hoffnung gesehen.

Bei ihrem Treffen hatte Dmitri das Interesse von Teena gespürt, ein Interesse, auf das er nicht hatte eingehen können, da sich eine aufdringliche Löwin eingemischt hatte. Da Luna entschlossen schien, ihn zu behindern, ließ er Teena bei ihrer Anstandsdame zurück, aber er gab seinen Plan nicht auf.

Im Gegenteil, sein Interesse war geweckt. Seit er sie reden gehört und einen Hauch von ihrem köstlichen Duft wahrgenommen hatte – Frau, durch und durch Frau mit einem Hauch von Vanille –, war er entschlossen, sie zu der Seinen zu machen. Die Drohung ihres Vaters, ihn zu töten, störte ihn nicht. Einige Dinge waren es wert, das eigene Leben dafür aufs Spiel zu setzen.

Wie sein kleines Kätzchen.

Unwiderstehliche Kurven.

Sein innerer Tiger hatte recht. Sie bestach durch einen ausgesprochen bezaubernden Körper, weiblicher als Meenas, der eher athletisch war.

Dmitri mochte Frauen mit runderen Formen. Diese Frau.

Sie wird die Meine sein.

Und zur Hölle – von der er Miteigentümer war, da niemand wollte, dass die Besitzurkunde in Nordrussland landete – mit jedem, der sich ihm in den Weg stellen wollte. Er wollte sie haben, und zwar bevor die Nacht zu Ende war.

Natürlich bedurfte es einiger Vorkehrungen. Niemand vertraute dem Russen, so viel hatte er mitbekommen. Zumindest die Männer nicht. Die Frauen klimperten mit den Wimpern und seufzten, während sie über seine »gefährliche Miene« und seine »entschlossene Natur« schwatzten.

Entschlossenheit war richtig. Aber sie erwähnten weder Sanftmut noch Schläue noch Verführung, alles Werkzeuge, die er einzusetzen gedachte, um die üppige Dame zu umwerben, von der er den Blick nicht abwenden konnte.

Der Tiger und seine Braut

Er musste etwas warten, bis Teena allein war. Irgendwann ging ihre Wachlöwin jedoch zum Tanzen, während Teena sehnsüchtig aus dem Abseits zusah. Er näherte sich mit zwei Drinks und bot ihr einen davon an. »Möchtest du eine Erfrischung?«

»Das sollte ich besser nicht annehmen. Meine Mutter hat mir beigebracht, nie ein Getränk von einem Fremden entgegenzunehmen.«

»Aber wir sind einander nicht fremd.«

»Stimmt. Ich kenne dich, weil du früher meine Schwester gestalkt hast.«

»Du urteilst zu hart, denn vielleicht solltest du es mal von meiner Seite aus betrachten. Ich sah eine Frau, die mir gefiel, und tat alles, um sie zu bekommen.«

»Diese Frau war meine Schwester.«

»Ganz offensichtlich ein schrecklicher Fehler.«

»Ach tatsächlich?« Ihre Lippen verzogen sich zu einem Lächeln.

»Allerdings. Ein Fehler, weil sie im Vergleich zu dir verblasst.«

Das brachte sie zum Kichern, ein fröhliches, natürliches Geräusch. »Oh, das ist wirklich gut. Aber es wird nicht funktionieren. Meine Schwester hat dich abgewiesen und ich werde jetzt nicht als Notpflaster herhalten.«

»Sie hat mich zurückgewiesen, ohne mir die geringste Chance zu geben. Du verletzt mich, kleine Katze.« Er versuchte, niedergeschlagen zu wirken.

»Klein?« Sie schnaubte amüsiert. »Jetzt gibst du aber wirklich alles.«

»Neben mir bist du klein.« Als Beweis trat er zu nahe an sie heran. Zu seiner großen Freude wich sie nicht zurück, sondern erlaubte es ihm, nahe bei ihr zu stehen, so nahe, dass er wirklich in ihre Essenz eintauchen konnte.

Ambrosia.

Ich will sie. Nimm sie.

Das war allerdings alles andere als machbar, da sie ein Publikum hatten, und trotzdem hätte er fast alle Vorsicht über Bord geworfen, besonders als sie sich mit ihrer rosa Zungenspitze über die Lippen fuhr.

»Hat dir schon mal jemand gesagt, dass du ziemlich gut bist im Flirten?« Sie sagte es mit etwas atemloser Stimme, die zu ihrem schnell schlagenden Puls passte.

»Es ist nichts falsch daran, einer Frau zu zeigen, dass man sie bewundert.«

»Außer dass es bei deiner Bewunderung weniger um die faszinierende Persönlichkeit einer Frau geht als vielmehr darum, wie breit ihre Hüften sind.«

»Ich bin eben ein Mann mit praktischer Veranlagung. Meine zukünftige Frau muss dazu in der Lage sein, einen männlichen Tiger meiner *Statur* aushalten zu können.« Er schnurrte das Wort und ihm gefiel, wie sich ihre Pupillen weiteten und der Geruch ihrer Erregung ihn umwehte.

»Du willst Superbabys.«

»Ich will eine Familie. Eine Frau. Eine Zukunft. Sind diese Dinge denn so falsch?«

»Nein.« Sie flüsterte das Wort, während sie ihn anstarrte. Einen Moment lang dachte er, sie würde ihn küssen. Oder sollte er sie vielleicht küssen, egal ob sie Zuschauer hatten oder nicht?

Ihre Lippen öffneten sich und sie sah ihn mit einem intensiven, sinnlichen Blick an, der ihn gefangen hielt.

Dann lehnte sie sich vor, das Kinn gehoben, und ihr weicher Atem traf auf seine Haut – als ein wilder Ruf sie plötzlich unterbrach: »Hier kommen die Jell-O-Shots.«

Aus der intimen Trance gerissen trat sie zurück und senkte den Blick. »Du kannst doch deine Zukunft nicht am Hüftumfang einer Frau festmachen.«

»Vielleicht nicht, aber ich kann mich dazu hingeben,

ihre schlagfertigen Erwiderungen, die sanfte Verführung ihres Körpers und das Verlangen, das sie in mir weckt, wenn sie ihren Mund auch nur ein wenig schürzt, zu bewundern.« Er hatte keine Ahnung, woher der Poet in seinem Inneren plötzlich stammte. Dmitri war eigentlich kein Mann, der sich dieser Art der wortreichen Bewunderung hingab. Normalerweise reichte seine gebieterische Präsenz; das war in der Regel alles, was nötig war. Doch mit Teena war er wie geblendet. Unter ihrem schüchternen Äußeren lauerten ein schlagfertiger Geist, ein frecher Sinn für Humor und ein Rückgrat, wenn es darum ging, ihren Stolz zu bewahren.

Er sollte jedoch beachten, bevor er zur Wiederbehauptung seiner Männlichkeit auf Gewalt zurückgreifen musste, dass unter all diesen Emotionen die reine, unverfälschte Lust am stärksten war.

Sanfte Worte bedeuteten nicht, dass seine Fantasie sanft beflügelt wurde. Teenas Kleid provozierte mehr fleischliche Gedanken als das. In seiner Fantasie war sie mit den Händen mit dem Gesicht zur Wand gefesselt, ihr Po einladend hochgestreckt. Es fiel ihm leicht, sich vorzustellen, wie seine Hände die Seide dieses Rockes über pralle und cremefarbene Oberschenkel schoben. Würde sie normale Unterwäsche tragen oder etwas Liederlicheres?

Ihre Augen weiteten sich. »Hast du gerade geknurrt?«

»Betrachte es als äußerliches Anzeichen für meine Bewunderung deiner Reize.«

»Ich war eigentlich der Meinung, dir hätten schon genügend Leute gesagt, dass meine Reize außerhalb deiner Reichweite liegen.«

Sie wiederholte es noch einmal, doch er spürte, dass hinter ihren Worten keine Überzeugung lag. *Natürlich meint sie nicht, was sie sagt. Sie gehört mir. Sie weiß es. Jetzt muss ich sie nur noch dazu bringen, dass sie es auch zugibt.*

Er versuchte es mit Direktheit. »Du brauchst gar nicht dagegen anzukämpfen. Du gehörst mir.«

»Wie bitte?«

»Du. Gehörst. Mir.« Er betonte jedes einzelne Wort.

»Du bist verrückt.« Sie beleidigte ihn, konnte jedoch die Hitze nicht abstreiten, die von ihrem Körper ausströmte.

»Ich bin Russe.« Obwohl man zugeben musste, dass viele darin keinen Unterschied sahen.

»Du weißt aber schon, dass du es mit meiner ganzen Familie aufnehmen musst, falls du etwas versuchen solltest.«

»Sagst du das absichtlich, um mich anzustacheln?«

»Findest du die Tatsache, dass mein Vater dich töten und deine Leiche an die Alligatoren verfüttern würde, denn motivierend?«

»Die Gefahr kann mich nicht von meinem Vorhaben abhalten. Ein Mann in meiner Position gelangt nicht dorthin, ohne auf dem Weg ein paar Kämpfe austragen zu müssen. Alles, was lohnenswert ist, hat seinen Preis.«

»Komisch, dass du bei deiner letzten Verlobten nicht das Gleiche gedacht hast, denn sonst wäre sie jetzt nicht dort oben und würde ihre Flitterwochen mit einem anderen Mann genießen.«

»Das liegt daran, dass sie nicht du ist. Du bist meine Partnerin fürs Leben.«

Der Atem verfing sich in ihrer Kehle und ihre Augen wurden groß. Warum sie das so aus der Bahn brachte, wusste er auch nicht zu sagen.

Aufgebracht riss sie ihm das Weinglas aus der Hand, rührte es jedoch nicht an und wandte stattdessen den Blick der tanzenden Menge zu.

Einen Moment lang sagte niemand etwas. Während sie so tat, als würde ihre Aufmerksamkeit den sich windenden Körpern gelten, studierte er sie eingehend.

Während er sie neben sich als nichts anderes als ein kleines Kätzchen betrachtete, überragte Teena in Wahrheit selbst barfuß alle anderen Frauen, aber er war trotzdem größer als sie.

Da sie Seite an Seite standen, bemerkte er, dass sich ihr Scheitel direkt auf seiner Nasenhöhe befand. Eine wunderbare Größe. Die perfekte Größe, die es ihm ermöglichte, einfach nur den Kopf zu beugen und diese wunderbaren Lippen zu küssen.

Da sie den Kopf von ihm abgewandt hatte, konnte er die glatte Neigung ihrer Nase bewundern, die in einer bezaubernden nach oben gewandten Nasenspitze endete, die mit ein paar blassen Sommersprossen bedeckt war. Er konnte nicht sehen, wie lang ihre goldenen Locken waren, da sie sie als Chignon auf dem Kopf trug, aber er konnte den seidigen Glanz sehen und sich die Textur der satten Locken vorstellen, die ihr Gesicht umgaben.

Während sie die Tänzer anstarrte, bewegte sie sich nicht, als er nach einer ihrer Haarsträhnen griff, um damit zu spielen. »Ich sehe, dass du gern tanzen würdest. Warum tust du es nicht?« Die Idee, sie zu sehen, wie sie sich im Rhythmus der Musik bewegte, die Hüften schwang, ihren Körper wiegte … Er konnte nur hoffen, sich bei dem Anblick beherrschen zu können.

Sie schüttelte den Kopf und ihr Gesichtsausdruck wurde wehmütig. »Das kann ich nicht. Ich tanze zwar gern, doch am besten ist es, wenn ich dabei allein bin. So wird wenigstens niemand verletzt.«

»So schlimm kann es doch gar nicht sein«, neckte er sie und nahm einen Schluck Wein.

»Sogar noch schlimmer«, entgegnete sie und verzog das Gesicht. Sie verzog erneut das Gesicht, als sie den Wein probierte. »Oh, sag mir jetzt bitte nicht, dass du das Zeug aus den braunen Flaschen geholt hast?«

»Die ohne Etikett? Es war der Beta des Rudels, der ihn empfohlen hat.«

»Weil Hayder dich ganz offensichtlich nicht mag. Das ist das Zeug, das Onkel Joe selbst herstellt. Nur Leute, die keine Geschmacksnerven mehr haben, und Masochisten trinken dieses Gesöff.«

Mit anderen Worten nur die Härtesten.

Dmitri nahm einen weiteren Schluck. »Mir schmeckt er. Er hat eine gewisse säuerliche, erdige Note, die mich an meine Heimat erinnert. Er ist kräftig und waghalsig, und dabei komplett bodenständig und unbeirrbar.«

»Das alles von einem einzigen Schluck Wein?«

»Und noch dazu einem, der dir nicht schmeckt. Probiere ihn noch mal, doch behalte ihn diesmal etwas länger im Mund. Lass sich den Geschmack auf deiner Zunge ausbreiten.« So wie er sich gern in ihrem Mund ausbreiten würde. Denn bei allen haarigen Göttern – die seine Großmutter verehrte und anbetete, obwohl das seiner Mutter verzweifelte Seufzer entlockte – fühlte er sich zu ihr hingezogen.

»Muss das sein?« Sie beäugte zweifelnd das Glas.

»Ja.«

»Hast du keine Angst, dass ich es ausspucke?«

»Du kannst es ausspucken oder schlucken, wie du willst.« Die offensichtliche Andeutung traf ihr Ziel – und war durch und durch gewollt.

Sie antwortete nicht, sondern starrte mit geröteten Wangen auf das Glas in ihrer Hand. Mit gerunzelter Nase roch Teena an dem Wein und nahm einen weiteren Schluck. Sie hielt ihn im Mund, neigte den Kopf zur Seite und befolgte seine Anweisungen, bevor sie schluckte, wobei sie ihm einen vielsagenden Blick zuwarf.

Er hatte noch nie etwas gesehen, was ihn mehr erregte. Oder mehr zum Lachen brachte, als er ihr Gesicht sah.

»Nein. Ich finde ihn immer noch schrecklich.«

Ein tiefes Lachen schüttelte ihn. »Vielleicht ist es meine russische Abstammung, die es mir erlaubt, die Arbeit zu bewundern, die in seine Herstellung geflossen ist. Erlaubst du mir, dir etwas zu holen, das dir besser mundet?«

Er sah, dass sie eigentlich Nein sagen wollte, doch dann tat sie es doch nicht. Sie richtete sich zu ihrer vollen Größe auf, lächelte ihn strahlend an und sagte: »Ja bitte.«

So holte er ihr eine Margarita, den Rand des Glases mit Zucker überzogen. Die schlechteste Idee, die je mit der besten Idee aller Zeiten verbunden war. Ihre geschmeidige rosa Zunge glitt mehr als einmal hervor, um den süßen Rand abzulecken, was die reine Folter war und gleichzeitig seine Fantasie anregte, weil er sich so leicht vorstellen konnte, ihr über die Lippen zu lecken, um die Süße zu schmecken.

Da er bezweifelte, dass er ihr widerstehen konnte, wenn sie so weitermachte, holte er ihr als Nächstes einen Limonaden-Cooler, bei dessen Zitrusgeschmack Teena auf bezaubernde Art die Nase kräuselte. Er hatte nicht den Eindruck, dass sie viel trank, und doch erlaubte sie ihm, ihr ein Glas nach dem anderen zu geben. Noch wunderbarer war, dass Teena sich mit ihm unterhielt, trotz der spitzen Signale von mehreren Menschen, darunter auch ihrem eigenen Vater, die einen Großteil des Abends damit verbrachten, sie anzustarren.

Er erwähnte es an einem Punkt. »Bis jetzt bist du immer noch hier, obwohl all deine Freunde etwas dagegen zu haben scheinen.«

»Wie meinst du das?«, wollte sie wissen und ließ ihren Finger über die beschlagene Flasche laufen, die sie in ihren schlanken Händen hielt.

»Dein Vater hat dich noch nicht für eine Sekunde aus den Augen gelassen.«

»Manchmal ist sein Beschützerinstinkt ein wenig zu ausgeprägt.«

»Was für ein bewundernswerter Zug. Als Familienoberhaupt sollte er sich um all diejenigen in seiner Obhut kümmern.«

»Das ist ein veraltetes Konzept.«

Er lächelte. »Es ist Tradition.«

»Ist das auch so ein russisches Ding?«

Er zuckte mit den Achseln. »So bin ich nun mal. Genau wie mein Vater war und mein Großvater vor ihm.« Es war auch das Motto, das seine Mutter und seine Großmutter ihm von frühester Kindheit an eingebläut hatten. *Die Familie kommt immer zuerst. Töte die anderen.* Die Vergangenheit seiner Familie war alles andere als friedfertig.

»Das behauptest du, und dennoch ignorierst du die Warnung meines Vaters und bist mir noch keinen Moment von der Seite gewichen.«

»Wie sonst soll ich dich umwerben?«

»Umwirbst du mich denn?«

Um auf diese Frage zu antworten, brauchte er keine Worte, stattdessen schenkte er ihr ein langsames, sinnliches Lächeln, das dafür sorgte, dass sie den Blick senkte und eine gewisse Röte in ihre Wangen kroch.

Die Atmosphäre um sie herum änderte sich, als schließlich ein langsamer Song inmitten des scheinbar ununterbrochenen trommelnden Rhythmus ertönte. Ein sanfter, sinnlicher Rhythmus, der genutzt werden wollte.

Er setzte seine Flasche ab, packte die, die sie in der Hand hatte, und stellte sie auch zur Seite. Er umklammerte ihre Hand und zog sie auf die Tanzfläche, obwohl sie fragte: »Was machst du da?«

»Wonach sieht es denn aus?«

»Du zerrst mich in die Gefahrenzone.«

»Wie melodramatisch. Entspann dich einfach, kleines Kätzchen. Wir werden einfach nur tanzen.« Und im Moment würden sie vollständig bekleidet und aufrecht tanzen.

»Tanzen? Mit mir? Oh nein, das werden wir auf keinen Fall.«

Doch so sehr sie auch den Kopf schüttelte, was noch mehr der dichten, goldenen Locken zum Vorschein brachte, konnte sie ihn nicht abschütteln. Dmitri hatte den unwiderstehlichen Drang, sie im Arm zu halten, sie an sich zu drücken und ... damit wahrscheinlich einen Kampf zu provozieren.

Bis jetzt schien sie noch nicht allzu wohlbehütet zu werden. Würde er allerdings eine bestimmte Grenze überschreiten, hegte er keinen Zweifel daran, dass sie reagieren würden, egal ob er Diplomat war oder nicht.

Doch auch diese Gefahr ließ ihn keine Sekunde lang zögern.

Auch beachtete er ihren schwachen Protest nicht. Stattdessen wirbelte er sie zu sich herum, als sie die Mitte der Menge erreicht hatten, die sich vor ihnen geteilt hatte, als er sie böse angeschaut hatte.

Eine Hand in ihrer, die andere um ihre Hüfte gelegt, begann er, einen langsamen, einfachen Walzer zu tanzen, woraufhin sie erst zögerte und ihm dann zaghaft folgte.

Sie versuchte, ein letztes Mal zu widersprechen. »Das solltest du wirklich nicht tun.«

Er glaubte nicht, dass sie ihm absichtlich auf den Fuß getreten war. »Wir tanzen doch schon, meine kleine Katze, also kannst du genauso gut still sein und es einfach genießen.«

»Behaupte aber nicht, ich hätte dich nicht gewarnt«, lautete ihre schwarzseherische Antwort.

Während ihre Worte eine Sache versprachen, bewies ihre tatsächliche Reaktion das Gegenteil. Als sie sich im Dreivierteltakt bewegten, verlor ihr Körper seine starre Verspannung, die Gliedmaßen lockerten sich, ihre Bewegungen folgten seinen. Ihr Tempo passte sich seinem an, ihre Körper befanden sich im Einklang.

Dmitri fügte ihren Schritten etwas Flair hinzu und zu seiner Freude passte sie sich an, sie schwang die Hüften, machte die richtigen Schritte und lächelte strahlend, wobei ihre Augen vor Freude leuchteten.

Er beschloss zu ignorieren, dass ihre wilden Bewegungen einige Menschen dazu brachten, aus dem Weg zu springen. Das war ihre eigene Schuld, weil sie zu nahe an einem Paar Sonnen tanzten, denn, ja, in seinem Kopf waren sie beide ziemlich brillant.

Nochmals, keine Arroganz, nur eine einfache Tatsache.

Wie entzückend sie aussah, ihre Lippen zu einem Lächeln der Freude verzogen. Ein rosiger Hauch auf ihren Wangen, ein sanftes Lachen, das durch geöffnete Lippen perlte, all das zeugte davon, wie viel Spaß sie hatte. Ihre Nähe erregte ihn, auch wenn sie nicht eng aneinandergepresst tanzten. Sie mussten einander nicht zu nahe sein, denn die Eleganz ihrer Bewegungen und der Sog ihres Blickes erregten ihn mehr, als es überhaupt möglich sein sollte.

Elektrizität tanzte zwischen ihnen und entzündete die Luft mit herrlicher Spannung, und ja, er würde es wagen, es zu sagen, Lust.

Es mochte zu krass erscheinen, und doch konnte er nicht umhin, die beiden Schwestern zu vergleichen. Während bei Teena ihn schon die leichteste Berührung in Erregung versetzte, war er in Meenas Gegenwart immer auf dem Sprung gewesen. Sie kämpfte nämlich wirklich nicht wie ein Mädchen.

Teena war im Gegensatz dazu ganz Frau, mit weichen Kurven und betörendem Duft. Und den Idioten, der ihren Fuß ins Gesicht bekommen hatte, als er sie nach hinten gelegt hatte, knurrte er an: »Das nächste Mal gehst du der Dame besser aus dem Weg«, als dieser sich beschweren wollte. Der Typ verdünnisierte sich schleunigst.

Weichei.

Er sah alle anderen in der Umgebung böse an, die seine Freude trüben könnten. Dmitri tanzte mit der Dame seines Herzens und es war besser, ihn dabei nicht zu unterbrechen.

Schließlich ging der langsame Tanz zu etwas Schnellerem über. Sie beschleunigten das Tempo ihrer Schritte und einen kurzen Moment lang tat sie es ihm nach. Sie schwang die Hüften – oh mein Gott! Er hätte sie am liebsten sofort weggeschleppt, als sie ihm schüchtern zulächelte und dadurch nur noch verführerischer wirkte.

Und auch Teena schien nicht damit zufrieden zu sein, seine Hand auf ihrer Hüfte zu spüren und seine Hand zu halten. Sie legte ihm die Arme um den Hals und drängte sich näher an ihn.

Ich ergebe mich.

In diesem Moment gehörte Dmitri ihr. Und sie gehörte ihm.

»Meins.«

»Was hast du gesagt?« Sie tanzte jetzt nur eine Haaresbreite entfernt von ihm und er konnte ihren sanften Atem auf seiner Haut spüren.

Wagte er es, seine Aussage zu wiederholen? *Ich fürchte nichts. Nicht einmal die Wahrheit.* »Ich sagte, du gehörst mir.« Als er die Worte aussprach, drehte er die Hüfte ein wenig weg und machte sich dazu bereit, in den Schritt getreten zu werden.

Doch Teena versuchte nicht, ihn zu treten. Oder ihm eine zu verpassen. Und sie beleidigte ihn auch nicht, wie Meena es getan hatte – »*Ich könnte dir nur gehören, wenn du mich tötest und wie eine Trophäe ausstopfst.*« Trotz ihrer prächtigen Hüften war er versucht gewesen, dies zu tun.

Aber nicht mit Teena. Mit dieser Frau hatte er Spaß, er

genoss ihre sanfte Art zu sprechen, war süchtig nach ihrem Lachen und er liebte es, wenn sie wie eine Göttin in seinen Armen tanzte. Auch wenn sie sich nicht ganz berührten, strahlte sie eine Hitze aus, die ihn verbrannte.

Würde er in Flammen aufgehen, wenn es nichts gäbe, was sie trennte?

Da es im Moment nicht angebracht war, sich auszuziehen, begnügte er sich damit, sie an sich zu ziehen und seine Hände auf ihre Taille zu legen. Fest an ihn gepresst tanzte sie weiter und er fand, dass sie noch immer zu weit von ihm entfernt war. Er ließ die Hände nach unten rutschten, bis er die süße Kurve ihres Hinterns umschloss.

Er drückte zu. Er passte perfekt in seine Handflächen.

Sie waren so nahe beieinander, dass sie seine Erregung spüren musste. Seine Erektion pulsierte, drückte sich gegen seine Hose und deutete ziemlich stark an, dass sie am besten einen Ort finden sollten, an dem sie ungestört waren und wo er ganz tief in sie eindringen konnte. Er wollte sie haben, und zwar nackt unter sich, die Augen geschlossen, den Kopf in den Nacken gelegt und wild stöhnend vor Erregung. Er wollte, dass sie ihre cremefarbenen Oberschenkel um ihn schlang, um ihm dabei zu helfen, tief in ihren herrlichen Körper einzudringen. Und er hätte gewettet, dass ihre Gedanken in eine ganz ähnliche Richtung gingen, in Anbetracht des Moschusduftes ihrer Erregung, der ihn in einer berauschenden Wolke umhüllte.

Sie will es. Sie gehört uns.

Er hob ihr Kinn, aber sie sah nicht zu ihm auf. »Sieh mich an, kleines Kätzchen. Sieh dir an und spüre, was du mit mir machst.« Er presste sich so fest er konnte an sie.

Sie sog scharf die Luft ein, sah zu ihm hoch und –

Später würde er das Blut dafür verantwortlich machen, das sein Gehirn vollständig verlassen hatte, sodass er sich nicht daran erinnerte, dass sie sich an einem sehr öffentlichen

Ort befanden, einem Ort, an dem es von seinen Feinden wimmelte, die es nicht gern sahen, wenn er sich einer gewissen Dame gegenüber auf der Tanzfläche bestimmte Freiheiten herausnahm. Wenn sein Schwanz ein wenig von dem roten Zeug übrig gelassen hätte, damit er noch einigermaßen klar denken konnte, dann hätte er vielleicht auch bemerkt, dass ein gewisser Vater mit Mord im Blick auf sie zugestürmt kam.

Es war auf jeden Fall die Schuld seines Schwanzes, dass die Faust ihn direkt am Kiefer erwischte. Der Schlag haute ihn nicht um, tat aber weh. Nicht dass er die Stelle gerieben oder ein Wort gesagt hätte. Männer jammerten nicht in der Öffentlichkeit – sie warteten darauf, es später ihrer Mutter zu erzählen, damit sie lange über die Respektlosigkeit des Bauernvolkes schimpfen und Wege finden konnte, es zu ruinieren.

Aber in diesem Fall brauchte er die liebe Mutter nicht. Und noch besser, er müsste Peter nicht zerstören und damit den Beginn seines neuen Lebens mit Teena verunzieren. Und dabei handelte es sich nicht um Optimismus, sondern um eine Tatsache. Sie würde ihm gehören.

Doch warum sollte er sich ihren Zorn zuziehen, indem er Peter tötete, wenn sie entschlossen schien, ihren Vater ganz ohne seine Hilfe fertigzumachen?

»Was machst du da?«, verlangte sie zu wissen und drängte sich zwischen sie.

»Geh mir aus dem Weg, meine Kleine. Ich muss diesem ausländischen Fellball Manieren beibringen, damit er dir in Zukunft den nötigen Respekt entgegenbringt.«

»Er hat sich bis jetzt mir gegenüber wie ein perfekter Gentleman verhalten, im Gegensatz zu einem bestimmten Elternteil, der sich ständig einmischt«, fuhr sie ihn an, und zwar mit einem Ausbruch an Emotionen, der Dmitri ausgesprochen gut gefiel, ihren Vater jedoch zu überraschen schien.

»Aber er hat dich angefasst.«

»Und mir hat es gefallen!«

Teena schrie die Worte genau in die plötzliche Stille, die aufgekommen war. Dmitri hätte jedoch applaudieren können, als sie trotz ihrer roten Wangen ihr Kinn vorstreckte und nicht den Blick senkte, sondern ihrem Vater die Stirn bot.

Der große Mann sah verwirrt aus. »Ich will doch nur auf dich aufpassen. Er ist ein Tunichtgut aus dem Ausland, der dich nur benutzt, weil er deine Schwester nicht kriegen kann.«

Oooh. Das tat weh.

Dmitri musste gar nicht erst hören, wie Teena scharf die Luft einsog, um zu wissen, wie sehr sie diese Worte schmerzten. Teena machte auf dem Absatz kehrt und marschierte davon.

Peter schien wie vom Donner gerührt, doch nur einen Moment lang, dann eilte er ihr hinterher. »Meine Kleine, so habe ich das noch gar nicht gemeint. Du weißt doch, dass du perfekt bist.«

Dmitri sah ihnen nach, wie sie davonstürmten, und hielt es für klüger, nicht zu folgen. Sollte Teena es selbst mit ihrem Vater klären. Während er wartete, bis sie ihren Streit beendet hatten, konnte sich Dmitri in der Tatsache sonnen, dass sie sich für sie eingesetzt hatte.

Sie. Als Paar. Wie erstaunlich, dass er bei seiner Suche nach einer Frau diejenige gefunden hatte, für die er wirklich bestimmt war.

Nun galt es nur noch, sie von dieser Tatsache zu überzeugen.

Luna kam zurück, wahrscheinlich mit einem neuen Plan, um ihn abzuschrecken, oder einer extra für ihn erdachten

Beleidigung. Ihre verbalen Angriffe sorgten dafür, dass er Heimweh bekam.

»Falls du es jemals gegenüber ihrem Vater erwähnen solltest, werde ich alles abstreiten, aber ihr beide saht irgendwie süß aus, wie ihr so zusammen getanzt habt. Okay, es gab zwar ein paar Zwischenfälle, zum Beispiel als Teena den Typen zu Fall gebracht hat, der euch im Weg war, aber insgesamt würde ich es einen vollen Erfolg nennen.«

»Sie tanzt wie ein Engel.« Leicht wie eine Feder und viel schöner.

Urg. Würgte sein innerer Tiger da einen Haarball hoch, und zwar wegen seiner lächerlichen poetischen Seite, die die merkwürdigsten Dinge sagte? Zumindest ging es nur um Teena.

»Aber stell dir mal vor, sie tanzt nur mit dir so.«

Warum sollte er es sich vorstellen, wenn er bereits wusste, dass es Schicksal war?

Teena war seine Seelenverwandte und würde seine Lebensgefährtin werden. Oder zumindest sobald er sie von ihrer Familie wegbekommen hatte. Was sonst sollte ein Tiger auch tun?

Ihr auflauern natürlich.

Brüll.

4

Kapitel Vier

T‍EENA STOLZIERTE DAVON UND DAS BLUT KOCHTE IN ihren Adern, und zwar aus verschiedenen Gründen. Sie war sauer auf ihren Vater, ein klein bisschen sauer auf sich selbst und wahnsinnig erregt, verdammt sei er.

Als sie miteinander geredet hatten, hatte sie vergessen, dass Dmitri keine gute Wahl war. Und während sie getanzt hatten, konnte sie nur daran denken, wie gut es sich anfühlte. Wie richtig.

Als seien sie füreinander bestimmt …

Da Meena ihr kürzlich erklärt hatte, wie es sich anfühlt, wenn man den Richtigen getroffen hatte, konnte Teena nicht umhin, sich zu wundern.

Jedes Mal wenn sie ihn sah, traf es sie genau ins Herz, sodass ihr der Atem stockte, ihr Herz wie wild zu schlagen begann und eine wunderbare Wärme ihren ganzen Körper durchfloss.

Sie mochte Dmitri.
Sie begehrte Dmitri.
Er gehört uns, sagte die Löwin in ihr.

Aber, wie ihr Vater sie so trefflich erinnert hatte, war sie nur zweite Wahl.

Und das tat weh. Und es tat wahrscheinlich mehr weh, als es sollte, aber nur, weil es die Wahrheit war. Für Dmitri war sie nur ein Ersatz. Denn trotz all seiner schönen Worte und Behauptungen war Tatsache, dass sie die zweite Wahl war.

Und sie hasste es.

In dem Moment hätte sie sogar ihre Schwester hassen können.

Warum konnten wir einander nicht zuerst begegnen?

Ihr Vater war ihr nachgelaufen und hatte gerufen: »Meine Kleine, lass mich jetzt nicht einfach stehen«, was ihren Wutausbruch nur noch schlimmer gemacht hatte.

Sie wirbelte herum und in ihren Augen glänzten die Tränen. Trotzdem sagte sie mit fester Stimme: »Ich werde das tun, was mir gefällt. Ich bin eine erwachsene Frau.«

»Eine erwachsene Frau, die ich davon abhalten will, einen Fehler zu machen. Ich weiß, dass der Russe ziemlich ehrlich und was sonst noch wirkt, aber wir wissen doch beide, was er in Wirklichkeit will.«

»Einen Ersatz.« Sie sagte es bitter und mit zusammengekniffenen Lippen.

»Ich wollte eigentlich sagen *gute Gene*.«

»Wie auch immer. Anscheinend ist es unmöglich, sich vorzustellen, dass er vielleicht anfangs nur an meinen breiten Hüften interessiert war, aber den ganzen Abend mit mir verbracht hat, weil ich, hey, wie unvorstellbar, unterhaltsam bin.«

»Doch, natürlich.«

Ihr gefiel sein beschwichtigender Ton nicht. »Willst du etwa behaupten, ich sei langweilig?«

»Nein, natürlich nicht.«

»Doch, das tust du, weil ich nicht so wild wie Meena oder

so offenherzig wie Luna bin. Und auch nicht der Meinung bin, dass man jede Situation mit Gewalt lösen muss.«

»Gewalt ist aber die effizienteste Lösung«, murmelte ihr Vater.

»Wechsle jetzt nicht das Thema. Tatsache ist, dass es egal ist, ob Dmitri mich nur ausnutzt oder nicht, es ist weder deine noch Lunas Entscheidung. Es ist meine Entscheidung, ob ich mir seine Komplimente anhöre und ihm von meinem Schulausflug in der dritten Klasse erzählen möchte.« Der dazu geführt hatte, dass Meena und sie lebenslanges Hausverbot im Zoo hatten. »Ich hatte Spaß. Das bedeutet ja noch lange nicht, dass ich vorhatte, mit ihm durchzubrennen.« Obwohl ihr ein sehr Meena-hafter Gedanke durch den Kopf gegangen war, nach dem Motto *Moment mal, würde meine Mutter nicht ausflippen, wenn ich es täte?* Und was ihren Vater anging, so konnte sie sich seinen Wutausbruch lebhaft vorstellen.

Zu schade, dass sie nicht den Mut hatte, es tatsächlich zu tun.

Und das auch nur, wenn man davon ausging, dass Dmitri es auch tatsächlich so gemeint hatte, als er gesagt hatte, dass er sie wollte. Das Problem war nur, würde sie darüber hinwegkommen, die zweite Wahl zu sein?

Ich hatte eigentlich kein Problem damit, bis es mir jemand unter die Nase gerieben hat.

Und all das war sowieso reine Theorie.

So wie ihre Familie sich aufführte, würde Dmitri wahrscheinlich jetzt einen weiten Bogen um sie machen.

Ich wünschte, sie würden mir mehr Vertrauen entgegenbringen. Schließlich war sie in ihrem reifen Alter noch Jungfrau, weil sie eben nicht auf falsche Komplimente hereinfiel.

Da sie keine Lust mehr hatte zu tanzen – in ihrem jetzigen Zustand hätte sie bestimmt ein paar ernsthafte Verletzungen verursacht –, wollte sie gerade nach Hause gehen, wurde dann aber von ein paar hässlichen entfernten Cousinen aufgehalten, die darauf bestanden, einen mit ihr zu trinken.

Obwohl sie normalerweise nicht viel trank, gingen die Jell-O-Shots runter wie Öl, während sie sich bei jedem, der ihr zuhörte, über ihren Vater beschwerte.

Nach dem vierten – oder war es schon der fünfte? – Jell-O-Shot mit Kirschgeschmack begann sie zu wanken.

Verdammt, sie hatte viel mehr getrunken, als sie gewohnt war. Es war Zeit, sich zu verabschieden und ihr Bett aufzusuchen. Sie winkte den Frauen, mit denen sie gesprochen hatte, zum Abschied zu und wankte nach Hause. Als sie stolperte und sich schon bereit machte, dem Boden Hallo zu sagen – und zwar mit dem Gesicht zuerst –, fing jemand sie auf. Ein Arm legte sich um ihre Taille und Dmitri zog sie hoch und hielt sie fest.

Nur gut, dass er sie so festhielt, denn die ganze Welt schien sich um sie herum zu drehen. Verdammt, sie wusste, dass er sich für den Mittelpunkt der Welt hielt, doch damit trieb er es mit der Prämisse, dass die ganze Welt sich nur um ihn drehte, etwas zu weit.

»Vorsicht, meine kleine Katze. Der Boden ist ziemlich hart.«

»Genau wie dein Oberkörper«, erwiderte sie frech und kicherte dann.

»Das ist dir also aufgefallen.«

Als sie an seinem Brustkorb gelandet war, hatte sie gespürt, wie er sich angespannt hatte. Der Alkohol machte sie mutig und so legte sie ihm eine Hand aufs Herz, während sie den Kopf unter sein Kinn kuschelte. »Mir sind sogar ziemlich viele Dinge an dir aufgefallen. Aber das Wichtigste ist, dass ich einfach nicht herausfinden kann, ob du die Wahrheit sagst.« Sie war hingegen anscheinend betrunken genug, um ihre Neugierde nicht zu verstecken.

»Die Wahrheit in Bezug auf was, mein kleines Kätzchen?«

»Woher soll ich wissen, dass du mich wirklich um meinetwillen willst?«

»Reicht die Tatsache, dass wir beide noch hier sind und miteinander sprechen und nicht in einem Flugzeug mit einem Priester auf dem Weg nach Russland sitzen, als Beweis dafür, dass ich dich wirklich umwerben will?«

Sie blinzelte ein paarmal und es dauerte einen Moment, bis sie seine Worte verarbeitet hatte. »Du umwirbst mich?«

»Ja, schon. Das ist doch normalerweise der erste Schritt, wenn man eine Frau davon überzeugen möchte zu heiraten.«

»Du willst mich heiraten?«

»Aber natürlich. Du gehörst mir.«

»Und das kannst du an nur einem Abend entscheiden?« Das kam ihr irgendwie bekannt vor. Hatte er nicht auch ihrer Schwester bereits bei der ersten Verabredung einen Heiratsantrag gemacht? Verdammt. Déjà-vu. »Ich muss jetzt gehen.«

Sie machte sich von ihm los und wirbelte herum, stolperte und wäre beinahe hingefallen.

Erneut war er da, um sie aufzufangen.

»Wie ich sehe, ist das ein bisschen zu viel für dich, kleines Kätzchen.«

»Nein. Ich ärgere mich über mich selbst, weil ich tatsächlich geglaubt habe, du würdest mich mögen. Und mich ärgert noch mehr, dass mein Vater recht hatte. Ich bin nicht mehr für dich als ein Brutkasten. Gute Nacht, Dmitri. Gute Reise zurück nach Russland. Und zwar allein.«

Der Nebel um ihr Gehirn lichtete sich ein wenig, als sie davon marschierte. Wenn man einen einzigen Schritt marschieren nennen konnte.

Denn er war noch nicht bereit dazu, sie gehen zu lassen.

Er stellte sich vor sie, nahm ihre Wangen in seine Hände und zwang sie dazu, ihn anzusehen. »Ich werde dir beweisen, dass du mir mehr bedeutest«, waren die Worte, die er flüsterte, bevor er seinen Mund auf ihren senkte.

Surrende Elektrizität sprang auf sie über, als ihre Lippen sich berührten, und es war, als würde sie der Blitz treffen, ein guter Blitz.

Sie vergaß, ihn von sich wegzustoßen, vergaß alles außer das Gefühl, wie er an ihrer Unterlippe saugte und sanft hineinbiss. Sie genoss die verführerischen Bewegungen seiner Zunge und hielt sich an ihm fest, während er die warme Höhle ihres Mundes erforschte.

Plötzlich überkam sie eine merkwürdige Müdigkeit. Sie sank schlaff in seine Arme. Doch trotzdem küsste er sie weiter, Leidenschaft in seinen Bewegungen, Hitze in seinen Händen, mit denen er sie hielt.

Sie schien keinen einzigen Knochen mehr im Körper zu haben.

Buchstäblich.

Es war mehr als nur die Leidenschaft, die ihre Knie dazu bewegte, nachzugeben, und ihre Augen dazu zwang, sich zu schließen, denn es war die Tatsache, dass sie zu viel getrunken hatte, die dafür sorgte, dass ihr Körper erschlaffte, und nicht seine Berührung. Oder steckte doch mehr dahinter?

Stehe ich unter Drogeneinfluss?

Hat er mir irgendetwas verabreicht?

Oh mein Gott, würde sie zur Braut des Tigers werden?

Erst jubilierte sie innerlich, dann kam die Furcht und dann …

Legte sich die Dunkelheit wie ein Schleier über ihren Geist.

5

Kapitel Fünf

DMITRI WAR ES AUCH SCHON VORHER PASSIERT, DASS Frauen in Ohnmacht fielen.

Zum Beispiel war Petra, die dem Krippenverein seiner Großmutter angehörte, umgefallen, als sie ihn in all seiner Pracht gesehen hatte. Und er meinte damit in seiner ganzen nackten Pracht. Natürlich hatte er das nicht absichtlich gemacht. Er war im Wald laufen gewesen und als er zurückgekommen war, hatte er festgestellt, dass die Hausangestellten seine Kleidung weggeräumt hatten.

Anscheinend bedeuteten graue Haare und ein paar Falten keinesfalls, dass man als alte Dame einen Mann in der Blüte seiner Jahre nicht bewundern konnte. Er hätte jedoch darauf verzichten können, von all denjenigen, die nicht das Bewusstsein verloren hatten, gekniffen zu werden.

Dmitri hatte auch schon Menschen durch einfaches, beharrliches Anstarren dazu gebracht, in Ohnmacht zu fallen. Diejenigen, die am Stab der Macht ganz unten waren, konnten seinen majestätischen Blick des Missfallens nicht ertragen.

Teena aber ... Teena hatte sein Kuss umgehauen.

Und jetzt schnarchte sie.

Er wusste nicht, ob er brüllen sollte, um sie aufzuwecken, oder sie einfach erstaunt und ungläubig anstarren sollte.

Normalerweise schliefen die Frauen in seinen Armen nicht vor langer Weile ein. Und ganz besonders nicht die Frau, die für ihn bestimmt war.

Es schüttelte sie sanft, doch das weckte sie nicht auf. Ihre Augen blieben geschlossen und ihre dichten, blonden Wimpern, die leicht getuscht waren, flatterten an ihren Wangen.

Und was mache ich jetzt?

Er wusste nicht, was als Nächstes zu tun war. Er konnte sie schlecht in sein Zimmer bringen – wo sie allein wären und wo sich sein Bett befand und ... Er konnte sich den Lynchmob nur zu gut vorstellen, wenn er das täte, und das aus gutem Grund, wenn man bedachte, welche Ausschweifungen das mit sich bringen könnte.

Er konnte es vergessen, sie in ihr Zimmer zu bringen. Nochmals, niemand würde jemals glauben, dass er das nicht ausnutzen würde.

Ein schlechter Ruf war eben manchmal ein Hindernis.

Was blieb da noch übrig? Er konnte sie nicht einfach hier auf dem Boden zurücklassen, der Gnade eines jeden ausgeliefert, allein und unbewacht.

Niemand darf sie berühren. Schütze unsere Frau. Sogar sein Tiger wusste, dass das eine schlechte Idee war.

Seufz. Es blieb nur eines zu tun, denn Entführung kam wahrscheinlich auch nicht infrage – diese Löwen waren solche Spaßverderber. Er setzte sich. Im Schneidersitz auf dem Boden drapierte er ihren Körper über seinen Schoß, hielt sie fest und wiegte sie. Es war seltsam intim, auch wenn er der Einzige war, der sich dessen bewusst war.

Es blieb auch nicht unbemerkt.

Luna, die einen argwöhnischen Gesichtsausdruck trug,

konfrontierte ihn schon kurz darauf. »Was zum Teufel machst du da mit meiner Teena?«

»Ich versuche, mich wie ein Gentleman zu benehmen, was zugegebenermaßen ausgesprochen anstrengend ist. Ich weiß nicht, wie die Helden in den Büchern das durchhalten können.« Seine Hände bei sich zu behalten, wenn so viele verlockende Kurven in seiner Reichweite lagen, beanspruchte all seine Willensstärke.

Luna hockte sich neben ihn und legte den Kopf zur Seite, bevor sie sagte: »Du bist wirklich ein ziemlich merkwürdiger Kerl.«

»Der richtige Ausdruck wäre edler *Bojar*, oder von mir aus auch Prinz, wenn es dir besser gefällt.«

Sie kicherte. »Als Nächstes versuchst du noch, uns alle davon zu überzeugen, dich Traumprinz zu nennen, und Teena einzureden, dass sie Schneewittchen ist.«

»Glaubst du, mein Kuss würde sie aufwecken?« Sein Stolz verbot es ihm zuzugeben, dass es sein offenbar so langweiliger Kuss gewesen war, der überhaupt erst dafür gesorgt hatte, dass sie einschlief.

»Ich weiß es nicht, und ich glaube auch nicht, dass du es versuchen solltest.«

»Willst du mir jetzt erneut eine Standpauke darüber halten, dass ich mich von ihr fernhalten soll?« Er konnte nicht umhin, die Augen zu verdrehen.

»Nein, ich wollte dir eigentlich nicht sagen, dass du verschwinden sollst. Ich finde, du solltest noch eine Zeit lang dableiben.«

Diese Worte schockierten Dmitri so sehr, dass er Teena beinahe fallen gelassen hätte. »Ich soll bleiben? Warum? Damit du mehr Zeit hast, um dir zu überlegen, wie du mich am besten um die Ecke bringen kannst? Benötigst du eventuell Zeit, um einen Strick zu holen und den passenden Baum zu finden?«

»Oh, dafür benötigen wir so gut wie gar keine Zeit. Onkel Peter hat alles schon geplant. Und wenn er seinen Plan durchzieht, werden die Rosen meiner Tante dieses Jahr einen tollen Preis erzielen. Aber nein, das ist nicht der Grund, warum ich möchte, dass du bleibst. Wenn es dir wirklich ernst ist mit Teena –«

»Das ist es.« Und er meinte es komplett ehrlich.

»Dann beweise es, indem du mit ihr ausgehst. Du weißt schon, alles so machst wie ein normaler Mann. Du musst ihrer Familie beweisen, dass sie für dich mehr ist als nur ihr gebärfreudiges Becken. Gib Teena die Möglichkeit, dich richtig kennenzulernen. Und wenn es dann so sein soll, dann –«

»Wird sie zustimmen, wenn ich sie bitte, mich zu heiraten, und ich werde meine Braut in Besitz nehmen.«

»Wenn sie denn einverstanden ist.«

»Oh, sie wird einverstanden sein.« Das wusste er mit Sicherheit und ohne jeglichen Zweifel, und deshalb übergab er sein kleines Kätzchen auch in die Obhut von Luna und einer weiteren Cousine, die versprachen, sie ins Bett zu bringen. Da er felsenfest davon überzeugt war, dass sie sich unsterblich in ihn verlieben würde, schickte er seinen Gehilfen eine SMS, um den Plan abzublasen, den er während der Hochzeitszeremonie geschmiedet hatte, nämlich, sie zu entführen.

Und dann ging er zufrieden mit sich selbst und der Welt ins Bett. Und selbst die Wache, die vor seiner Tür postiert war, konnte ihm die gute Stimmung nicht verderben.

Du kannst mich so viel bewachen, wie du willst. Morgen früh werde ich hier sein, um meine Braut zu umwerben.

Zumindest war es das, was er vorhatte. Das Schicksal hatte jedoch andere Pläne. So wie es aussah, gab es auf der Ranch kein besonders gutes Handysignal, sodass seine Nachricht nie bei seinen Männern eintraf.

6

Kapitel Sechs

Ihr Bewusstsein kehrte mit der Langsamkeit von Honig zurück, der von einem Löffel tropfte. Ganz langsam. So langsam, und deswegen reagierte sie erst beim dritten Mal, als jemand sprach.

»Sag Ja.«

»Was?« Mit geschlossenen Augen, ihre Lieder zu schwer, um sie zu öffnen, ihr Mund pelzig und durstig, kämpfte Teena darum, aus dem tiefsten Schlaf zu erwachen, den sie jemals gehabt hatte.

»Sag Ja«, zischte eine Stimme, eine Stimme, die ihr irgendwie bekannt vorkam. Aber es war der Duft, der sie zum Lächeln brachte. Ein ausgesprochen männlicher Duft, gemischt mit einem herben Aftershave. So wie es aussah, befand sich ihr russischer Bewunderer noch immer bei ihr. War sie während der Party auf ihm eingeschlafen?

Es fiel ihr so schwer, sich zu erinnern.

»Sprich mir nach: Ja.«

Was hatte sie getan? Sie zwang ihr Gehirn dazu, sich in Gang zu setzen, und versuchte, die Ereignisse zu rekapitulieren. Sie erinnerte sich nur noch daran, dass sie nach der

Der Tiger und seine Braut

Hochzeit ihrer Schwester nach Hause getorkelt war – und zwar ziemlich betrunken, weil sie so wütend auf ihre Familie war, die sich ständig eingemischt hatte –, als Dmitri, der sexy Russe, ihr aufgelauert hatte. Er hatte dafür gesorgt, dass einige ihrer Körperteile keine Bekanntschaft mit dem Bürgersteig machen mussten. Stattdessen hatten sie Bekanntschaft mit seinem harten Körper gemacht.

Er hatte sie im Arm gehalten. Dinge gesagt. Schöne Dinge. Doch das war noch nicht das Beste. Der aufregendste Teil war, als er sie geküsst hatte.

Oh mein Gott. Er hatte sie so vehement geküsst, dass sie davon fast geschmolzen wäre. Sie erinnerte sich noch daran, wie eine gewisse Schwere in ihre Glieder gekrochen war. Das Gefühl seiner Hände auf ihrem Körper und dann ...

Sie legte die Stirn in Falten. Sie konnte sich an nichts erinnern, was nach dem unglaublichen Kuss geschehen war.

An nichts. Gar nichts.

War sie ernsthaft während des aufregendsten Kusses ihres gesamten Lebens eingeschlafen?

War das vielleicht der Grund dafür, dass Dmitri sie jetzt im Arm hielt und sein Moschusduft sie umgab? »Wach auf, kleines Kätzchen. Nur einen Moment lang. Ich möchte nur, dass du Ja sagst.«

»Ja?« Warum sollte sie Ja sagen? Er bat sie doch sicher nicht um Erlaubnis, sie erneut küssen zu dürfen? Wollte er vielleicht etwas anderes? Oh Mann, sie wünschte sich, dass ihr Gehirn nicht im Schneckentempo arbeiten würde.

Sie schüttelte sich innerlich, um ihre verstaubten Gedanken aufzurütteln, und zwang sich dazu, die Augen zu öffnen, und zwar gerade rechtzeitig, um zu sehen, wie Dmitris attraktives Gesicht sich ihrem näherte. Außerdem hörte sie die Worte: »Und damit erkläre ich euch zu Mann und Frau. Du darfst die Braut jetzt küssen.«

Was?

Bevor sie begreifen konnte, was geschehen war, drückten heiße Lippen in inniger Berührung auf ihre und ihre Fragen schmolzen dahin, während ein Feuer in ihr erwachte. Der Kuss half ihr nicht, ihre Sinne wiederzuerlangen. Im Gegenteil, sie rutschte in einen angenehmen Zustand, in dem sie nur einen einzigen Gedanken im Kopf hatte – mehr.

Noch mehr Küsse. Mehr Hitze. Mehr Dmitri.

Die Arme, die um ihren Körper geschlungen waren, hielten sie aufrecht, und das war auch eine gute Sache, da ihre Beine die Konsistenz von weichem Gummi hatten. Ein winziger Teil von ihr bemerkte, dass sie protestieren oder sich zumindest bemühen sollte, eine Art Kontrolle zu übernehmen.

Sie feuerte nicht auf allen Zylindern. Eine gewisse Trägheit hielt sie immer noch im Bann. Es kam ihr in den Sinn, dass sie weinen und Angst haben sollte, und doch …

Sie genoss wirklich die Weichheit seiner Lippen und die Wärme seines Atems. Oder zumindest tat sie es, bis sie unsanft auf einem Stuhl abgesetzt wurde. Und dann folgte wirklich ein böses Erwachen.

Ihr Körper beklagte den Verlust seiner Wärme, während ihre innere Löwin frustriert miaute. Eine Frustration, die sie nur allzu gut nachvollziehen konnte angesichts der Leidenschaft, die er entfacht hatte und die sich nun weigerte, einfach so wieder zu verschwinden.

Sie kämpfte gegen die Erschöpfung in ihrem Körper und schaffte es, mit flatternden Lidern die Augen zu öffnen, nicht dass es ihr geholfen hätte zu verstehen, was los war. Sie erkannte ihre Umgebung nicht.

Ihr wurde ein Stift in die Hand gedrückt.

»Unterschreib hier«, schnurrte Dmitris Stimme mit dem Akzent in ihr Ohr.

»Was unterschreibe ich da?«, brachte sie zwischen tauben Lippen hervor, während sie versuchte, nicht wieder einzuschlafen. Verschlafen blinzelte sie auf den weißen Bogen Papier vor ihr, doch es war umsonst. Die Worte auf dem Papier schienen sich zu bewegen.

»Es ist das, was du willst.«

Wirklich? Denn ... *Ich will ihn.*

Ohne einen weiteren Gedanken daran zu verschwenden, unterschrieb sie.

Dann tat er es ihr gleich, benutzte dazu denselben Stift wie sie und setzte seine Unterschrift direkt neben ihre auf die Heiratsurkunde.

Sie zwinkerte.

Las es erneut.

Nein, die Worte auf dem Papier hatten sich trotzdem nicht verändert.

Sie zeigte mit dem Finger auf das Papier, da sie kein Vertrauen in ihre Stimme hatte. Hätte sie gesprochen, hätte sie sich wahrscheinlich ziemlich wie ihr Vater angehört, vielleicht mit etwas weniger Schimpfworten. *Was zum Teufel ist hier gerade passiert?*

Er beantwortete ihre unausgesprochene Frage. »Wir sind miteinander verheiratet, mein kleines Kätzchen.«

Oh mein Gott. Das kam überraschend.

Verheiratet. Sie war verheiratet. Mit Dmitri. *Ich bin mit dem Tiger verheiratet.*

Äh, eine erzwungene Heirat? So etwas geschah zum ersten Mal in ihrer Familie und selbst ihre Schwester hatte noch nie eine solche Katastrophe heraufbeschworen.

Ein Punkt für mich?

Nein, weil es Meena gelungen war, Dmitris Pläne zu durchkreuzen.

Ich hingegen bin wie ein Dominostein gefallen. Reingefallen! Und was noch schlimmer ist: Ich habe es nicht kommen sehen. Ich dachte, dass er mich wirklich mag. Sie hatte ihm geglaubt, als er ihr versichert hatte, er wollte sie umwerben, um ihr zu beweisen, dass er es ernst meinte.

Was für ein Idiot, sie so zu entführen und sie dann heimlich zu heiraten. Sie zu seiner Frau zu machen.

Seine Frau?

Konnten Löwinnen kichern? Ihre innere Katze schien jedenfalls ein bisschen zu zufrieden zu sein.

Seine Lebensgefährtin. Dieser Gedanke durchfuhr sie plötzlich und brachte ihren Körper dazu, schnurrend zu vibrieren, und erweckte ihre Sinne.

Hast du nicht vor, aufzustehen und auf deine Rechte zu pochen?

»Du kannst mich nicht dazu zwingen, dich zu heiraten. Sag es ihm.« Letzteres gab sie mit Blick auf den Mann von sich, der in eine Priesterrobe mit weißem Kragen gekleidet war. Wohl irgend so eine Art Geistlicher. Er würde eine solche Farce doch sicher nicht gutheißen. »Sag ihm, dass es nicht zählt, weil ich nicht damit einverstanden bin.«

»Aber du hast Ja gesagt«, rief Dmitri ihr ins Gedächtnis.

»Weil du mir gesagt hast, ich solle es tun, dabei war ich gar nicht richtig wach. Das zählt nicht. Und warum beachtet der Priester mich nicht?«

»Kätzchen, wenn du dich beruhigen würdest, könnten wir –«

»Ich werde mich nicht beruhigen.« Sie sprang von ihrem Stuhl auf und bemerkte zu spät, dass er nicht sonderlich stabil war.

Der Plastikstuhl mit den Metallbeinen, ein Überbleibsel aus den siebziger Jahren, brach zusammen. Die Hand, die sie dazu benutzt hatte, sich vom Stuhl hochzudrücken, rutschte ab, als das Plastik brach, und sie verlor die Balance. Sie fiel zur Seite und streckte die Hand aus, doch ihre Reflexe waren immer noch ein wenig langsam, also schlug sie zuerst mit der Schulter und dann mit dem

Kopf auf dem Boden auf. Verdammter Industriemarmorboden.

Jetzt lag sie da, benommen auf der Seite und zeigte auch viel mehr Bein, als es ziemlich war. Durch zusammengekniffene Augen bemerkte sie, dass ihr Rock ihr über die Hüfte gerutscht war.

Auch Dmitri bemerkte es. Und Interesse entfachte in seinem Blick, ein Blick, der von ihr abwich, als der Priester sich räusperte.

Wie konnte er es wagen, Dmitris Aufmerksamkeit von ihr abzulenken?

Grrrr.

Wer knurrte da?

»Warte kurz, mein kleines Kätzchen, gib mir einen Moment, um mich mit diesem ganz offensichtlich sehr mutigen Mann zu beschäftigen, der die Courage hat, deine schreckliche Wut auf sich zu ziehen.«

»Ich bin nicht schrecklich.« Das war ihre Schwester.

»Ich glaube, du bist stärker, als du denkst.«

Er hat recht.

Spring auf ihn und leck ihn ein bisschen ab. Ihre innere Katze konnte einfach ihre riesige Nase nicht aus ihren Angelegenheiten halten. Doch sie war nicht die Einzige, der das Kompliment gefiel.

Mit Schwung wurde die Heiratsurkunde weggezogen und in einem braunen Umschlag verschlossen.

»Bitte sorge dafür, dass sie noch heute für gültig erklärt wird«, befahl Dmitri und überreichte dem Priester einen Stapel grüner Scheine. »Ich vertraue darauf, dass das genug ist, um deine Diskretion zu wahren.«

»Es ist mir immer eine Freude, mit Ihrer Familie Geschäfte zu machen«, erwiderte der Mann.

»Geschäfte? Das hier ist illegal«, rief sie, ziemlich verärgert mit beiden, da sie das Ganze so geschäftsmäßig sahen.

»Frauen. Man kann nicht mit ihnen leben«, grummelte der Geistliche, »aber töten darf man sie auch nicht, ohne ins Gefängnis zu kommen. Und da fragen sich manche Menschen, warum ich mich Gott verschrieben habe.«

»Ein Mann braucht Erben, und zwar legale, denen er alles hinterlassen kann.« Dmitri brachte den Mann zur Metalltür und ließ ihn hinaus.

Dann bemerkte sie, dass es die einzige Tür im Raum war, obwohl die Bezeichnung *Raum* großzügig war.

Als sie aufstand, konnte sie das ganze Ausmaß sehen, obwohl es nicht viel zu sehen gab.

Die grauen Wände schrien geradezu Wirtschaftsraum, ebenso wie der zerkratzte weiße Tisch, dessen blütenweiße Oberfläche von orangefarbenen Flecken, schwarzen Ringen und Kratzern für immer zerstört worden war. Um den Tisch herum war ein seltsames Gemisch aus Stühlen verteilt. Wie von den siebziger Jahren ausgespuckt, waren orangefarbene Kunststoff-Schalensitze mit einigen dunkelblauen und einigen limettengrünen vermischt und willkürlich verteilt.

Der, den sie kaputt gemacht hatte, lag in zwei Teilen auf dem Boden. Ein trauriges Beispiel dafür, dass sie selbst in Schwierigkeiten geraten konnte, wenn sie einfach nur dasaß.

Während ein Teil von ihr zu denken schien, dass sie sich am besten für ein Nickerchen hinlegen sollte – gähn! –, war ihr klar, dass das kein guter Plan war. Sogar in ihrem verwirrten Zustand erkannte sie ein paar wichtige Fakten.

Erstens, es war nicht Alkohol gewesen, der sie in Schlaf versetzt hatte. Sie war unter Drogen gesetzt worden!

Zweitens, sie war verdammt noch mal verheiratet.

Und drittens, verflucht, das waren gute Drogen gewesen, denn obwohl sie eigentlich wütend auf Dmitri hätte sein sollen, wollte sie ihn eigentlich nur küssen.

Geh näher zu ihm. Berühre ihn. Reibe dich an ihm. Markiere ihn mit unserem Duft.

So heimtückisch erwiesen sich die geschnurrten Gedanken, dass sie einen Schritt auf ihn zumachte. Nur einen, und dann erstarrte sie, als sie sich daran erinnerte, dass es eine schlechte Idee war, ihn zu küssen.

Brave Mädchen benahmen sich. Böse Jungs nicht.

Und die total männlichen Alpha-Tiger gediehen, indem sie das Unglaubliche taten.

Dmitri bewegte sich, und zwar schnell, denn schon im nächsten Moment drückte er sie an sich.

»Sei wütend, mein Kätzchen. Ich ermutige dich dazu, dich zu beschweren und zu toben.«

Verwirrt starrte sie ihn an. »Du willst, dass ich mit dir schimpfe? Du gibst zu, dass du falschlagst?«

»Nein. Ich habe dir gesagt, dass du mir gehören würdest, und dieses Versprechen habe ich gehalten. Aber du siehst toll aus, wenn du wütend bist. Weißt du, dass deine Augen dann besonders provokativ blitzen? Und dein Duft ...« Mit geschlossenen Augen atmete er tief ein. Als er sie wieder öffnete, schien tief darin ein leidenschaftlicher Hunger zu brennen.

Sie schluckte. »Das ist nicht witzig.«

»Ich habe auch nicht gelacht.«

»Und trotzdem tust du so, als wäre das alles ganz normal. Du hast mich entführt und mich dann geheiratet, während ich im Schlaf quasi gesabbert habe.«

»Du hast geschnarcht, nicht gesabbert.«

»Danke, dass du mir das gesagt hast«, fuhr sie ihn an, verärgert darüber, dass er ihre offensichtliche Schwäche laut ausgesprochen hatte.

»Ich finde es süß. Allerdings schnarche ich hingegen nicht.«

»Diese Information benötige ich nicht, weil wir natürlich nicht zusammen schlafen werden.«

Bei ihrer Antwort musste er lachen. »Da hast du natürlich recht. Viel schlafen werden wir nicht.«

Er hätte gar nicht erst zu zwinkern brauchen, damit sie seine Andeutung verstand. Er hatte vor, dafür zu sorgen, dass sie ihre ehelichen Pflichten als seine Frau einhielt. Die Hände um ihre Hüfte gelegt drückte er sie weiter an seinen harten Körper, was ihre viel zu leicht zu beeindruckenden Sinne völlig durcheinanderbrachte.

»Ich werde ein guter Ehemann sein.«

Sie war über diese Aussage erstaunt, sah ihn an und der Atem blieb ihr in der Kehle stecken. Der Blick seiner intensiven blauen Augen nahm sie jedes Mal gefangen. Seine Lippen luden sie geradezu dazu ein, ihn zu küssen, besonders jetzt, wo sie wusste, wie sie sich anfühlten, wie sie schmeckten und, oh, nicht zu vergessen, welche Freuden sie ihr bescheren konnten.

Ein Knurren durchlief seinen Körper. Was war mit ihm los?

Anscheinend ließ auch sie ihn nicht kalt.

»Du darfst mich nicht so ansehen, meine kleine Katze. Dein Blick sorgt dafür, dass ein Mann sein Leben riskieren und der riskanten Versuchung nachgeben möchte, die du in deinem Blick anbietest.«

»Warum ist es riskant? Ein Kuss hat noch niemanden umgebracht.« Wenn er sie allerdings nicht küssen würde, würde sie wahrscheinlich spontan in Flammen aufgehen.

»Es ist riskant, weil wir keine Zeit haben. Wir müssen verschwinden, bevor die, die uns suchen, aufschließen.«

»Wer jagt uns denn?«, fragte sie. Hatte Dmitri etwa Feinde? Da er in seinem Heimatland ein Mafiaboss war, hatte er davon wahrscheinlich sogar ziemlich viele.

»Deine Familie ist auf Jagd. Wer sonst? Dein Vater hat seine Augen und Ohren überall. Ziemlich eindrucksvoll. Ich werde meinen neuen Schwiegervater zu einem späteren Zeitpunkt verhören, äh, ich meine, befragen müssen, wie er das schafft. Im Moment halte ich es aber für besser, niemandem auf die Zehen zu treten.«

»Du hast Angst vor meinem Vater?« Und ja, bei dieser frechen Frage lachte sie hämisch.

»Nein, es ist mir nur wichtig, unsere Ehe nicht mit dem Mord an deinem Vater zu beginnen. Das könnte sich als kleines Problem erweisen.«

»Klein?«

Er lachte. »Du hast recht, mein kleines Kätzchen. Selbst wenn ich deinen Vater töte, würdest du mich immer noch wie verrückt lieben. Aber es besteht kein Grund, diese Theorie zu testen. Wir verschwinden mit meinem Privatflugzeug, sobald es aufgetankt ist.«

»Wir befinden uns auf einem Flughafen?« Sie blickte sich um, um einen Hinweis darauf zu finden, um welchen Flughafen es sich handelte. Jede Art von Fluchtmöglichkeit wäre ihr willkommen. Schließlich konnte sie nicht mit diesem Verrückten verheiratet bleiben – trotz seiner unglaublich verführerischen blauen Augen und seinem dunklen Charme.

»Wir auf einem Flughafen? Nein.« Er dehnte das letzte Wort und versuchte, dabei unschuldig auszusehen. Natürlich gelang ihm das nicht, da er ja zumindest teilweise ein Teufel war. Das änderte aber nichts an der Tatsache, dass sein fehlgeschlagener Versuch sie wahnsinnig ablenkte.

Sie löste sich aus seinen Armen und er ließ es geschehen. Sie wandte sich ab. *Lass dich nicht von ihm in seine Scheinwelt hineinziehen, in der diese Dinge normal sind.* Andererseits, hatte er nicht zugegeben, dass er sich wie die Helden in den Liebesromanen verhielt? Oh Mann. Sie musste unbedingt damit aufhören, seine Taten irgendwie als heiß zu betrachten. Ihr Hauptfokus sollte darauf liegen zu fliehen. »Wir sind auf einem Flughafen, und das bedeutet, dass jemand kommt, wenn ich um Hilfe rufe.«

Tolle Idee, ihm unseren Plan zu verraten. Wollte sie etwa, dass es ihr nicht gelang zu entkommen? Wollte sie unbewusst bei Dmitri bleiben, um herauszufinden, was geschehen würde?

Na klar. Anscheinend wusste ihre innere Katze besser Bescheid als sie selbst.

»Ich würde dir nicht raten, die Aufmerksamkeit auf dich zu ziehen.«

»Sonst machst du was?«, forderte sie ihn heraus, plötzlich ermutigt.

»Ich küsse dich, bevor du einschläfst.«

Und das tat er. Er wirbelte sie zu sich herum und küsste sie mit atemberaubender Leidenschaft, sein Mund gleichzeitig hart und weich, voller Verlangen und trotzdem sanft.

In diesem Moment *besaß* er sie. Sie wäre überall mit ihm hingegangen, doch dann spürte sie die Nadel in ihrem Hintern und knurrte: »Nicht schon wieder.«

Und augenblicklich wurde es um sie herum dunkel.

7

Kapitel Sieben

Wie konnte es sein, dass er so tief in Schwierigkeiten steckte? Und so plötzlich?

Dmitri fuhr sich mit der Hand durchs Haar, das einzige äußerliche Anzeichen dafür, dass er sich fragte, wie die Dinge sich so schnell von *ziemlich interessant* zu *was zum Teufel ist da los* entwickeln konnten, und das in einem Zeitraum von nur zwei Tagen.

Jetzt zum Beispiel. Er war ein verheirateter Mann – und ja, die Hochzeit war offiziell gültig, besonders dann, wenn er die Ehe mit seiner neuen Frau erst vollzogen hatte. Er war verheiratet und doch musste er, statt in seiner neuen Familie willkommen zu sein, Teenas psychotischem Vater entkommen. Und Peter war nicht der Einzige, dem er aus dem Weg gehen musste. Er musste noch dazu den zahlreichen aufmerksamen Augen und Ohren der Mitglieder der anderen Rudel ausweichen. Denn selbst wenn Ariks Rudel auf der anderen Seite des Landes lebte, gab es keinerlei Zweifel daran, dass er mit den Einheimischen so eine Art Spionagenetzwerk oder freundschaftliche Verträge ausgehandelt hatte, um den russischen Diplomaten im Auge zu behalten. Im Auge behalten ja, aufhalten, nein.

Denn tatsächlich durften sie ihn ohne Genehmigung des Hohen Rates – den er ordentlich geschmiert hatte – nicht aufhalten, doch die Löwen vor Ort konnten seinen Aufbruch hinauszögern und sein Flugzeug nach einem Beweis für die Anwesenheit einer bestimmten Löwin durchsuchen lassen.

Allerdings würden sie sie nicht finden. Dafür hatte er gesorgt.

Und als wäre das noch nicht genug, musste Dmitri auch die Augen nach Mördern offen halten, die vielleicht für Peter arbeiteten. Sie könnten sich überall verstecken. Er hoffte es. Er könnte ein bisschen Sport gut gebrauchen.

Er fand auch die Telefonanrufe äußerst interessant, und zwar von Leuten, die nach Teena suchten.

»Hast du sie?«, fragte Arik, ohne sich die Mühe zu machen, erst mal Hallo zu sagen.

»Ich habe sie nicht entführt.« Dmitri konnte das sagen und war dabei sogar ehrlich. Er hatte es nicht getan. Seine Helfer hatten es getan, und zwar gegen seine letzte Anweisung.

Auch Luna hatte ihn kontaktiert und ihn gewarnt: »Wage es ja nicht, nach Russland zurückzukehren, wo ich dich nicht mehr erwischen kann.«

Sobald das Flugzeug betankt ist, verschwinden wir von hier.

»Wehe du heiratest oder verführst sie.«

Ich habe noch nie gern Befehle befolgt. Aber andererseits sie zu geben gefiel ihm ... Wenn er seiner neuen Frau befahl, ihn zu küssen, würde sie dann gehorchen oder ihn beißen?

Er schauderte wohlig. Beides wäre ihm recht.

Ja, er musste also zugeben, dass er das Gegenteil von dem tat, was ihm alle sagten, und es nicht bereute. Um ehrlich zu sein, konnte er immer noch nicht glauben, dass es seinen Männern gelungen war, die Entführung durchzuziehen.

Als er an jenem Morgen nach Meenas Hochzeit den Anruf bekommen hatte, dass sie Teena entführt hätten und auf dem Weg nach Kentucky waren, wo sie ihn auf dem Flughafen erwarteten, der einem Freund der Familie gehörte, hatte er vielleicht gekreischt.

»Ich habe euch doch gesagt, ihr sollt die Entführung abblasen«, hatte er in den Hörer gezischt, aber natürlich unter vorgehaltener Hand, damit niemand mithören konnte. Er hatte sich in das kleine Badezimmer seines Zimmers begeben, die Tür zugemacht und das Wasser angedreht. Dann hatte er sich ein wenig entspannt. »Was zum Teufel habt ihr euch da nur gedacht?«

»Wir haben deine SMS irgendwie nicht bekommen, Chef«, entgegnete Viktor in lautem, dröhnendem Russisch. »Also haben wir den Plan befolgt. Wir haben uns das Mädchen geschnappt und sind nun auf dem Weg zum abgesprochenen Treffpunkt.« Was bedeutete, dass sie nichts finden würden, wenn das Rudel Leute aussandte, was sie auf jeden Fall tun würden, um sein Flugzeug, das in einer Stadt in der Nähe abgestellt war, zu durchsuchen. Sie hätten also keinen Grund, ihn aufzuhalten.

Ein brillanter Plan, den natürlich er erdacht hatte, und trotzdem hasste er die ganze Sache, weil sie ihm bezüglich ein paar Dingen einen Strich durch die Rechnung machte, zum Beispiel seinem Vorhaben, Teena zu umwerben.

Andererseits würde sie es vielleicht romantisch finden, unter Drogen gesetzt und entführt zu werden, um ein wildes, romantisches Abenteuer zu erleben. *Mit mir.*

Was konnte sie sonst noch wollen?

Da er wusste, was er wusste, musste er so tun, als wüsste er es nicht. Der Morgen verlief ziemlich angespannt und der

Frühstückstisch war ziemlich leer, da viele nach den Festlichkeiten am Abend zuvor länger schliefen.

Peter aber war da und kaum traf sein Blick auf Dmitri, legte er die Stirn in Falten.

Unterhaltung während des Frühstücks. Wie freundlich von seinen Gastgebern. Nachdem er sich seinen Teller von dem Buffet, das sich über zwei Tische erstreckte, gefüllt hatte, setzte Dmitri sich Peter gegenüber hin.

Dmitri wartete, bis der Mann einen Schluck von seinem Kaffee nahm – schwarz natürlich und er hätte gewettet auch ohne Zucker –, bevor er sagte: »Guten Morgen. Ich bin erstaunt, dass du geschlafen hast, nach allem, was deine Tochter gestern Abend gemacht hat.«

Er spuckte den Kaffee aus und sprang über den Tisch, um nach Dmitris Hals zu greifen. Nur dass Dmitri nicht mehr da war. »Beruhige dich. Was für eine bäuerliche Reaktion auf eine Tatsache. Was sonst sollten Meena und ihr Flohsack von einem Ehemann denn sonst treiben?«

»Du hast keine Hand an Teena gelegt?« Peter schwang seine Beine über den Tisch, damit er herunterspringen und aufstehen konnte, wobei er links und rechts Teller umstieß.

Dmitri lächelte. »Eine Hand? Als würde das reichen. Ich habe beide benutzt und meine Lippen. Sie küsst ziemlich gut. Ich werde –«

Wie erwartet wurden die Dinge daraufhin etwas ernster, aber Dmitri stellte sicher, Teenas Vater nicht zu verletzen – zumindest nicht zu sehr. Was die geprellten Rippen und das zugeschwollene rechte Auge anbetraf, so waren sie nur zum Vorzeigen da, damit der alte Mann sich nicht benachteiligt fühlte. Doch er konnte die Wahrheit nicht vor sich selbst verstecken.

Der alte Mann hat mich ordentlich erwischt. Sein innerer Tiger rollte sich auf den Rücken und streckte die Beine in die Luft.

Gar nicht wahr. Er hatte nur Glück.

Ein glücklicher Zufall war auch, dass man ihn vom Anwesen warf, bevor jemand die Idee hatte, nach Teena zu sehen. Und selbst wenn sie es getan hätten, so hatte man eine Nachricht hinterlassen, allerdings war Dmitri nicht sicher, wie lange der gefälschte Brief sie aufhalten würde.

Er sollte besser gehen, solange er es noch konnte, und selbst dann schaffte er es nicht zum Flughafen, bis die Nachricht von Teenas Verschwinden die Runde machte. Das wiederum sorgte dafür, dass sein Flugzeug durchsucht wurde, bevor er überhaupt dort ankam.

Sollten sie doch. Sie würden nichts finden.

Aber natürlich hegten sie sofort Verdacht, als sein Flugzeug für eine kurze Zwischenlandung haltmachte. Hätte er direkt nach Russland fliegen können, so hätte er es getan. Aber selbst ihm war klar, dass sie an der Westküste zwischenlanden mussten, um aufzutanken, da das Benzin sonst nicht für den Flug reichte.

Jetzt würden wahrscheinlich Stimmen laut werden, die sich fragten, warum er Teena nicht einfach zurückgelassen hatte, wo er doch wusste, dass er gejagt wurde, und allein nach Hause geflogen war.

Daraufhin erwiderten sowohl der Mann als auch das Tier in ihm knurrend: »Auf gar keinen Fall.«

Aber die Flucht mit ihr war nur ein Schritt, um ihre gemeinsame Zukunft zu sichern. Sobald er seine Heimat erreicht hatte, hatte er nur wenig Zeit, sie davon zu überzeugen, ihn zu behalten, bevor sich der Rat einschaltete. Sie neigten dazu, es nicht gern zu sehen, wenn Gestaltwandler, selbst welche von fast königlicher Abstammung, Frauen entführten.

Anscheinend war das etwas aus dem achtzehnten Jahrhundert.

Alt bedeutete allerdings nicht, dass es nicht effizient war.

Indem er Teena heiratete, löste er ein paar Probleme gleichzeitig. Zuerst konnte er dem Rat sagen, dass sie seine Frau war, und sie würden große Schwierigkeiten damit haben, ihn zu zwingen, sie zurückzugeben. Zweitens, ihre Ehe gab ihr einen legitimen Grund zu bleiben – *auch wenn die Tatsache, mit mir zusammen zu sein, auch alleine eigentlich ausreichen sollte*. Und drittens, in den Augen des Gesetzes und aller Beobachter *macht es sie zu der Meinen*.

Meins. Berühren und sterben. Wie süß, dass sein innerer Tiger nach dem inoffiziellen Motto seiner Großmutter lebte.

Er fragte sich, wie viele seine perfekt ausgeführte Flucht bewundern würden. Teena schien sie noch nicht zu schätzen zu wissen. Sie drohte ihm damit, zu schreien und die Aufmerksamkeit auf sich zu ziehen …

Er stach eine Nadel in ihren Hintern und versprach ihr dabei: »Später einen Kuss darauf zu geben, damit es nicht mehr wehtut.«

Ihre Antwort darauf lautete: »Später wirst du tot sein.«

Diese Worte waren zwar nicht ausgesprochen vielversprechend, aber immerhin glaubte sie an ein Später.

8

Kapitel Acht

U̲n̲d̲ ̲e̲s̲ ̲g̲a̲b̲ ̲e̲i̲n̲ ̲z̲ä̲h̲e̲s̲ ̲E̲r̲w̲a̲c̲h̲e̲n̲.̲ ̲S̲c̲h̲o̲n̲ ̲w̲i̲e̲d̲e̲r̲.̲
Ihre Zunge fühlte sich geschwollen in ihrem trockenen Mund an und ihre Lider waren schwer und wollten sich nicht öffnen lassen.

»Bäh«, machte sie verärgert in einer Sprache, die im Laufe der Zeit verloren gegangen war und sicher noch aus einem Zeitalter stammte, als die Höhlenmenschen regierten. In diesem einen Wort schwangen unzählige Aussagen mit – nämlich dass sie wach, durstig und zu faul war, etwas dagegen zu unternehmen.

Glücklicherweise verstand anscheinend jemand die Sprache der Höhlenmenschen.

Ein paar Hände richteten sie auf und hielten sie in einer sitzenden Position fest. Ihr Kopf fiel gegen eine breite Schulter. Sie wurde von einem allzu bekannten Duft umgeben.

Dmitris Duft. Der Duft meines Ehemanns.

Komisch, dass es ihr immer weniger merkwürdig vorkam, je öfter sie es dachte oder aussprach.

»Trink das.« Ein kaltes Glas, die Außenseite voller Kondensation, wurde ihr in die Hand gedrückt.

Hastig brachte sie das Glas an ihre Lippen. Und verfehlte. Der Rand traf ihre Wange, aber, und das waren gute Neuigkeiten, es lief nur ein wenig aus und die kalten Spritzer in ihrem Gesicht halfen ihr dabei aufzuwachen.

Sie öffnete ein Auge einen Schlitz weit, passte den Winkel des Glases an und versuchte es erneut.

Erfolgreich!

Frisches, sauberes Wasser benetzte ihren Mund. Gierig trank sie es und wurde mit jedem erfrischenden Schluck wacher. Als sie das Glas fast vollständig geleert hatte, nahm ihr eine Hand diesen Gegenstand wieder weg.

»Möchtest du noch mehr?«

»Befinden sich Schlafmittel darin?«, fragte sie ziemlich nüchtern.

Sein Ton war fast humorvoll, als er antwortete: »Kommt die Frage nicht ein wenig zu spät? Aber nein, das war nur Wasser und sonst nichts.«

Da sie sich ein wenig stärker und frischer fühlte, gelang es ihr, beide Augen zu öffnen und sich umzusehen. Nichts kam ihr auch nur im Entferntesten bekannt vor. »Wo sind wir?«

»Spielt das eine Rolle?«

Natürlich tat es das. Schließlich musste sie entkommen. Vor diesem Psychopathen fliehen, der sie unter Drogen gesetzt und zu seiner Frau gemacht hatte.

Warum müssen wir denn fliehen?

Ihre innere Löwin wollte ehrlich wissen, warum sie den Drang zu entkommen verspürte.

Deshalb. Weil es das Schlaueste war, was sie machen konnten.

Aber warum? Ihre innere Katze verstand wirklich nicht, was das Problem war, da Dmitri Teena ja genau genommen nichts getan hatte. Ganz im Gegenteil, er hatte ein brennendes Interesse an ihr gezeigt, so sehr, dass er sich die

Liebesromane, die er las, zum Vorbild genommen und sie entführt und geheiratet hatte.

Was bedeutete, dass er als Nächstes vorhatte, sie in sein Bett zu bekommen.

Das Gefühl, das sich daraufhin in ihrer Magengrube ausbreitete, hatte nichts mit Furcht zu tun.

Konnte er den Wirbel der Vorfreude spüren, der so heftig war, dass ihre Brustwarzen hart wurden? Versteifte er sich deshalb neben ihr? Sie stieß sich von ihm ab und stand auf, da sie unbedingt ein wenig Abstand zwischen sie beide bringen musste. Ihm so nahe zu sein verwirrte ihren Verstand.

Sie wankte, schlug aber seine Hand weg, als er nach ihr greifen wollte.

Lass nicht zu, dass er mich anfasst. Es fiel ihr schwerer, einen klaren Gedanken zu fassen, wenn er ihr so nahe war.

Um sich abzulenken, sah Teena sich in ihrer Umgebung um, ihrer ausgesprochen reichen Umgebung.

Opulent war gar kein Ausdruck. Man stelle sich einen riesigen Raum vor, mit einer hohen, sehr hohen Decke, die Deckenleisten reich verziert, was zum Rest des Zimmers passte. Wände, die mit Tapete in dezentem Grau und Silber gemustert waren, wurden durch die cremefarbene Täfelung ergänzt, die die untere Hälfte umgab. Dunkle Holzböden schimmerten und ihre Weitläufigkeit wurde nur durch die Möbel unterbrochen, die den Raum schmückten. Plüschteppiche mit aufwendigen Designs definierten die einzelnen Bereiche des Raumes. Eine Fensterwand blickte auf eine Stadt, aber eine Stadt, wie sie sie noch nie gesehen hatte.

Eine Stadt mit schneebedeckten Dächern.

Ich glaube, ich bin nicht mehr zu Hause.

Die Erkenntnis hätte sie schockieren sollen, und das tat sie auch, aber hauptsächlich vor Aufregung. Zum ersten Mal erlebte Teena ein wahres Abenteuer und sie war die Heldin, nicht die ungeschickte Verursacherin.

Mit noch immer wackligen Beinen, aber trotzdem nicht bereit, den Platz neben Dmitri auf dem Sofa einzunehmen, setzte sich Teena auf einen schicken Stuhl, dessen Lehne und Sitz mit einem haigrauen Samtstoff bezogen waren, der Tisch davor bestand aus glänzendem Mahagoni mit hellleren Streifen eines noch exotischeren Holzes.

Mit dem Finger verfolgte sie träge das Design, als sie versuchte, ihre Gedanken zu ordnen.

»Möchtest du etwas Stärkeres trinken?«

Dmitris Worte, mit Akzent gesprochen, trafen sie immer tief in ihrem Innersten, und trotzdem hatte sie ihre Sinne noch genug beisammen, um zu antworten. »Als ich das letzte Mal mit dir getrunken habe, wurde ich unter Drogen gesetzt, verschleppt und geheiratet.«

»In ein paar Jahren wirst du meine romantische Geste zu schätzen wissen.«

»Zu schätzen wissen?« Sie konnte nicht umhin, verächtlich zu schnauben. »Du kannst von Glück reden, wenn du überlebst, wenn mein Vater das herausfindet.«

Ihr armer Vater. Er tat sein Bestes, um das Gesetz nicht zu brechen, und trotzdem sprachen die Beweise immer gegen ihn. Er hatte Glück gehabt, da in den abschließenden Berichten einige der wichtigsten Tatsachen nicht zur Erwähnung gekommen waren, sodass er nicht so viele Verurteilungen aufzuweisen hatte, wie man meinen könnte. Und trotzdem waren die Jahre, die er im Gefängnis verbracht hatte, als sie noch klein war, schlimm für ihre Mutter gewesen. Besonders nachdem Teena und Meena gelernt hatten, wie man aus dem Kinderzimmer entkam.

»Dir ist aber schon klar, dass die Tatsache, gejagt zu werden und ein bisschen Sport zu treiben, in meiner Welt als durchaus positiv zu werten ist?«

»Das ist ja wieder typisch, dass ich an einen Typen

gerate, der entfernt mit meiner verrückten und gewalttätigen Familie verwandt sein könnte.«

»Mach dir keine Gedanken, kleines Kätzchen. Wir haben keine gemeinsamen Vorfahren. Meine Großmutter hat das überprüft.«

»Wann hatte sie denn die Zeit dafür? Wir haben uns gerade erst kennengelernt.« Da er ihr nicht in die Augen sehen konnte, musste sie nicht lange raten. »Ah, es war nicht ich, die sie überprüft hat, sondern meine Schwester. Diejenige, die du eigentlich heiraten wolltest.« Sie konnte den enttäuschten Unterton nicht aus ihrer Stimme verbannen.

Trotz ihrer absoluten Hingabe füreinander hatten Teena und Meena während ihrer Kindheit eine gewisse Rivalität zueinander gehabt. Meena bekam eine Eins in Mathe. Teena eine in Naturwissenschaften. Also schaffte Meena es daraufhin, in die Hockeymannschaft der Jungs aufgenommen zu werden. Sie war auch eine verdammt gute Spielerin, bis sie Brüste bekam und erklärte, dass sie ihrem Schläger im Weg waren.

Wenn es um Jungs ging, waren ihre Vorlieben unterschiedlich, ebenso wie ihre Erwartungen an die Männer. Meena wollte nur Spaß mit jemandem haben, der mit ihren beiden linken Füßen, gewalttätigen Ausbrüchen und alledem umgehen konnte.

Was Teena betraf ... *Ich will nur, dass mich jemand will.* Sie. So wie sie war. Nicht als Zweitbeste.

Obwohl er es als romantische Geste deklarierte, hatte Dmitri sie nicht aus Liebe entführt oder geheiratet, sondern weil er ihre Schwester nicht zuerst geheiratet hatte. Teena war zu stolz, um akzeptieren zu können, dass sie nur als Ersatz diente.

Dmitri hob mit einem Finger ihr Kinn, sodass sie ihn ansehen musste.

»Warum scheinst du plötzlich so traurig zu sein? Du bist

doch sicher nicht noch böse, weil ich einen kleinen Fehler gemacht habe.«

»Einen kleinen Fehler? Du bist nur nicht mit meiner Schwester verheiratet, weil sie entkommen konnte.«

»Entkommen? Oder hat das Schicksal ihr geholfen zu fliehen, um mich vor einer falschen Entscheidung zu bewahren?«

Sie lachte verächtlich. »Mein Vater würde jetzt sagen, dass du so voller Kacka bist, dass du schon ganz braune Augen hast.«

»Dein Vater sagt Kacka?«

»Natürlich, das andere Wort ist doch vulgär, weißt du das denn nicht, verfickt noch mal?« Sie sagte es mit tiefer Stimme, um ihren Vater nachzuahmen.

Dmitri schlug mit der Hand auf den Tisch und schüttelte sich vor Lachen. »Kleines Kätzchen, du steckst voller Überraschungen.«

»Das tue ich, und einige von ihnen gefallen dir vielleicht nicht.« Die meisten Menschen machten sich über sie lustig, wenn sie ihre größte Schwäche erfuhren. Nur ihr Vater tat das nie.

Nur dass Dmitri nicht ihr Vater war. Nicht mal annähernd. Stattdessen brachte er sie dazu, über alle möglichen Dinge zu fantasieren, und keins davon war anständig – dafür aber ziemlich aufregend.

»Wir haben alle unsere Eigenheiten«, erklärte er.

Eigenheiten? Wie zum Beispiel ihre Fähigkeit, Ärger zu machen, indem sie einfach nur ein Zimmer betrat?

Niemand konnte an jenem Tag eine plausible Erklärung für die Überschwemmung des Tanzstudios finden, was gut war, sonst hätte Daddy vielleicht wieder eine Bank ausrauben müssen, um das Geld zu beschaffen, um alles reparieren zu lassen. Es war ja nicht so, als hätte sie es mit Absicht getan. Sie war einfach mit dem Kopf gegen das Rohr gestoßen, als sie sich bückte, um ihren Schuh zuzubinden. Nicht einmal so sonderlich fest. Als Nächstes hatte sie festgestellt, dass ein Haarriss entstanden war, der tropfte. Keine große Sache, oder?

Als die Wasserwelle durch die Tür gerollt kam und die Flüssigkeit sich langsam überall ausbreitete, entschlossen, alles für sich zu vereinnahmen, hatte sie klugerweise wie alle anderen in ihrer Tanzklasse auch laut aufgeschrien und war mit ihrem Hintern hinausgewackelt.

Dmitri wusste jedoch nichts von diesen Vorfällen oder der Tatsache, dass keine Versicherungsgesellschaft mehr etwas mit ihr oder ihren nächsten Angehörigen zu tun haben wollte. Oder dass Daddy knallharte Verbindungen hatte. Ihr Vater könnte seine Kontakte mit weniger als erlesenen Typen vor ihren Schwestern und ihrer Mutter als »Delegation« bezeichnen, aber sie hatte eine Unterhaltung belauscht, in der er seinen Jungs gesagt hatte, dass seine Mitarbeiter ihn davor bewahrt hatten, in den Knast zu gehen, was wiederum bedeutete, dass er mehr Zeit mit der Familie verbringen konnte.

Für Daddy hatte die Familie immer an erster Stelle gestanden.

»Ich verstehe einfach nicht, warum du all das getan hast. Bist du vielleicht nicht ganz bei Trost?« Nicht dass das gegen ihn sprechen würde. Auch in ihrer Familie gab es einige *besondere* Leute. »Mal ganz im Ernst, hättest du einen schlechteren Zeitpunkt wählen können, um mich zu entführen?« Besonders in Anbetracht der Tatsache, dass sie ihm zahlenmäßig haushoch überlegen waren, wenn er jetzt erwischt wurde. Andererseits hätte ihr wütender Vater natürlich ausgereicht, um seine Heiratspläne zunichtezumachen.

»Hast du schon ganz vergessen, was ich dir darüber gesagt habe, dass Gefahr mir guttut?« Jeder andere Mann hätte bei dieser Behauptung arrogant ausgesehen, besonders weil er dabei die Augen verdrehte. Dmitri allerdings nicht. Stattdessen zwinkerte er nur, wodurch er noch verwegener aussah. Gefährlich. Wahrscheinlich gewalttätig. Alles Dinge, denen sie zu entkommen versuchte ... auf die sie aber immer wieder traf.

»Na gut. Die Gefahr, mich meiner Familie unter der Nase wegzuschnappen, hat dir gefallen. Aber Drogen? Ernsthaft?« Der Gedanke, völlig machtlos zu sein, machte ihr Angst. Während sie sich in diesem verletzlichen Zustand befand, konnte alles passieren.

Zum Beispiel, dass jemand ihr Kleid von der Hochzeit gewechselt hatte. Sie sah an sich hinab zu der Jogginghose und dem Pulli, die sie trug. Ihre Füße steckten in Socken und weißen Turnschuhen. Alles passte ganz wunderbar und war definitiv nicht dazu gemacht, jemanden zu verführen.

»Wer hat mich angezogen?« Hatte Dmitri ihr das Kleid ausgezogen, seine Hände an ihrem Körper, während er sie des Stoffs entledigt hatte? Und was noch viel wichtiger war, hatte ihm gefallen, was er gesehen hatte?

Sie konnte ein erregtes Schaudern nicht unterdrücken, als sie sich fragte, ob er sie an der Brust berührt hatte, selbst ungewollt, als er ihr den Jogginganzug angezogen hatte. *Wie sexy. An meinem Hochzeitstag trage ich eine praktische Jogginghose aus Baumwolle.* Wie ihre Mutter weinen würde, wenn sie das hörte. Hey, aber die gute Nachricht war, immerhin war Teena verheiratet. Vielleicht. »Ich glaube nicht, dass die Hochzeit zählt, wenn einer der Partner unter Drogeneinfluss steht.«

»Nur wenn jemand sich beschwert. Und das würde niemand wagen.«

Sie wedelte mit der Hand durch die Luft. »Da wäre ich mir aber nicht so sicher, Großer. Ich könnte mich beschweren, schließlich war ich diejenige, die unter Drogen gesetzt wurde.«

Interessant, dass er nicht mal ein wenig reumütig aussah, kein bisschen, stattdessen trug er ein Lächeln, als wäre er eine Katze, die gerade den Kanarienvogel gefressen hatte. In diesem Fall war Teena der Kanarienvogel.

»Du wirst mich nicht anzeigen.«

»Aber ich sollte es tun, nur um dir das Grinsen aus dem Gesicht zu wischen«, knurrte sie. »Das war wirklich überhaupt nicht in Ordnung.«

»Die Drogen waren eine bedauerliche Entscheidung. Ich hatte gehofft, dich zu umwerben, damit du meinen Heiratsantrag annimmst. Allerdings spielte die Zeit eine entscheidende Rolle. Und deswegen wurdest du ausgeschaltet, damit meine Männer dich unbemerkt von der Ranch wegschaffen konnten.«

»Warum hast du nicht gewartet, bis ich abgefahren war, und hast mir dann aufgelauert?«

»Gewartet? Ich warte nicht, vor allem deshalb nicht, weil die Verzögerung dazu geführt haben könnte, dass jemand anderes dich zuerst bekommt.«

Sie konnte nicht anders, als verächtlich zu schnauben. »Weil die Nachfrage nach mir so unglaublich hoch ist.«

»Solch Perfektion, wie du sie in dir trägst, ist ein Schatz, den viele begehren würden.«

Die schönen Worte beeinflussten sie mehr, als sie wollte, aber sie erinnerten sie auch daran, dass er sie wahrscheinlich zuerst ihrer Schwester gegenüber ausgesprochen hatte.

Und doch ist es nicht meine Schwester, die jetzt mit ihm verheiratet ist. Das bin ich. Er ist mein Mann. Meiner.

War es wirklich wichtig, dass er sie nicht zuerst ausgewählt hatte? Er hatte sich immer noch die Mühe gemacht, sie offiziell zu beanspruchen, zumindest in menschlicher Hinsicht. Wenn es um den urtümlicheren Anspruch ging, musste er noch sein Zeichen setzen.

Andererseits hatten sie gerade geheiratet, was diese Nacht zu ihrer Hochzeitsnacht machte.

Heute Abend würden sie gemeinsam ins Bett gehen.

Zusammen, was Sex bedeutete.

Mit ihm.

Schluck.

Wie beängstigend und gleichzeitig aufregend! Nun, wenn sie jetzt noch wüsste, was sie tun sollte. Wie verhielt man sich, wenn man plötzlich einen neuen Ehemann hatte? Sie erinnerte sich sicherlich nicht an irgendwelche Kapitel in ihrem Buch der Manieren, dass ihre Mutter sie so eingehend studieren ließ, in denen detailliert beschrieben stand, was sie in ihrer Hochzeitsnacht tun sollte.

So ein schwerer, unhandlicher Wälzer. Er hatte ihr nicht nur die Verhaltensregeln einer Dame beigebracht. Er hatte ihr auch nach den Stunden, in denen sie ihn auf dem Kopf herumgetragen hatte, zu einer großartigen Haltung verholfen. Nur einmal war das etwas sperrige Buch heruntergefallen und hatte ihr den großen Zeh gebrochen. Aber Cousine Polly, die sie geschubst hatte, trug eine schiefe Nase und drei lose Zähne davon, nachdem Meena mit ihr fertig war.

Wen kümmerte ihre traumatische Kindheit, traumatisch für andere, nicht für sie? Je mehr Teena versuchte zu helfen, umso mehr Entschuldigungen waren fällig.

Sie würde sich heute Abend vielleicht bei Dmitri entschuldigen müssen, wenn er eine weitere ihrer Eigenarten entdeckte. Unerfahrenheit.

Und nein, sie war zu verlegen, um zu erklären, wie es kam, dass ein Mädchen in ihrem Alter noch Jungfrau war.

Er hingegen kannte sich offensichtlich mit Frauen aus. Der Gedanke verursachte ein Glühen der Eifersucht, ein Glühen, das sie verstehen ließ, warum ihre Schwester so heftig auf diejenigen reagierte, die ihren Leo berührten.

Niemand rührt an, was uns gehört.

Dmitri jedoch konnte sie berühren, so viel er wollte. Überall ...

Moment mal. Stopp. Hatte sie den Verstand verloren? Sie kannte ihn kaum. Wie konnte sie nur daran denken, sich von ihm berühren zu lassen, und noch dazu so intim?

Er ist ein Fremder.

Und doch so verführerisch, exotisch sexy.

Ein Mann, zu dem sie sich hingezogen fühlte.

Mein Ehemann.

Sie durfte ihn anfassen. Küssen. Lieben, wenn sie es so wollte.

Sie konnte ihn auch dazu bringen, sie zu lieben.

Ihn zu dem Meinen machen. Ganz dem Meinen.

An sich ein wunderbares Konzept. Nur schien er nicht begeistert davon zu sein, sie zu der Seinen zu machen, da er auf der anderen Seite des Raumes stand und sich ein Getränk aus einer Kristallkaraffe eingoss.

Mit ihren Händen, die sie im Schoß umschlossen hatte, stellte sie die Frage, die in ihrem Inneren brannte. »Und was passiert als Nächstes?« Würde er über sie herfallen, als logischer nächster Schritt in der Handlung der Liebesromane, die er nachahmte? Sollte sie sich in einer ergebenden Pose auf der Couch niederlassen?

Er hob sein Glas und schwenkte die Flüssigkeit darin herum, bevor er einen Schluck nahm. »In einer Viertelstunde begeben wir uns zum Flugzeug. Dann fliegen wir in meine Heimat Russland. Es wird von nun an auch deine Heimat sein. Doch erst müssen wir uns versichern, dass deine Familie«, seine Lippen verzogen sich zu einem Lächeln, »uns nicht folgt. Ich würde sie nur ungern töten, besonders weil sie es ja nur tun, um dich zu verteidigen.«

»Du würdest sie töten?«, krächzte sie.

Er verdrehte die Augen. »Selbstverständlich, wenn sie versuchen, dich mir wegzunehmen. Du gehörst jetzt mir.«

Sie erschauderte, doch nicht, weil er so ominös die Stimme senkte, als er sie als die Seine bezeichnete, sondern vor Erregung.

Wie dekadent und sexy es sich anhörte, wenn er das sagte. Aber trotzdem ... »Es würde mir nicht gefallen, wenn du meine Familie tötest.«

»Dann wirst du dein Bestes geben müssen, um sie davon zu überzeugen, dass es dir gut geht.« Leichter gesagt als getan.

»Und was soll ich ihnen sagen? Sie werden mir ja niemals glauben, wenn ich ihnen erzähle, ich hätte mich in dich verliebt und wir wären gemeinsam durchgebrannt.«

»Stimmt das denn?« Er sah sie mit hypnotischem Blick an.

»Stimmt was?«

»Dass du in mich verliebt bist?« Er fragte es in einem neckenden Ton, aber war sie es oder schwang da ein ernster Unterton bei seiner Frage mit?

Sicherlich nicht. Er hatte sie nicht geheiratet, weil er ein wirklich brennendes Interesse und Verlangen nach ihr hatte. Er wollte nur das Eigentum an ihren Genen beanspruchen und ihre breiten Hüften nutzen.

Doch trotz seiner anfänglichen Beweggründe blieb das Endergebnis gleich. *Er gehört mir genauso wie ich ihm.*

Sie war allein schon von dieser Tatsache begeistert. Doch sie konnte Luna fast kreischen hören: »Stockholm-Syndrom!«

Aber war er tatsächlich nicht mehr als ein Entführer, der sie gefangen hielt?

Auf jeden Fall war er sehr ungeduldig, das zumindest hatte sie aus seinen Taten herauslesen können. Doch mal abgesehen davon, dass er sie geheiratet hatte, bevor sie die Ereignisse überhaupt verstanden hatte, und sie unter Drogen gesetzt hatte, damit er nicht ihretwegen getötet wurde, hatte er nichts Gefährlicheres getan, als sie mit seinem unglaublichen Lächeln zu bedenken.

Und er hat mich geküsst.

Das konnte man vielleicht als gefährlich einstufen, doch auf eine Art, von der sie gern mehr hätte.

Davon abgesehen stellte er keine Gefahr für sie dar ... Sie war nicht mit Handschellen gefesselt. Es gab keine Wachen, die sie mit Waffen bedrohten.

Aber ich wette, dass er mich aufhält, wenn ich versuche, durch diese Tür zu gehen.

Der Gedanke schickte einen solchen elektrischen Schauer durch sie, dass sie es am liebsten versucht hätte.

Er wedelte mit einem Handy vor ihr herum. Mit ihrem Handy, auf dem eine unglaubliche Menge von verpassten Anrufen und SMS erschien, als sie sich einloggte.

Oh nein.

»Wie lange war ich bewusstlos?«, fragte sie und scrollte durch die Nachrichten.

»Fast einen ganzen Tag lang.«

»Einen ganzen Tag!«

»Schließlich brauchte ich Zeit für ein Alibi und musste dich heimlich wegschaffen.«

»Wie ist dir das gelungen? Ich meine, sicher hat doch jemand gesehen, wie du mich bewusstlos durch die Gegend geschleift hast.« Sie erinnerte sich nämlich nur noch daran, dass sie in seinen Armen lag und von ihm geküsst wurde.

Dem plötzlichen Aufblähen seiner Nasenlöcher und dem brennenden Verlangen in seinen Augen nach zu urteilen erinnerte er sich auch. »Da ich ein ausgesprochen intelligenter Mann bin ...«

Sie hatte doch nicht wirklich laut gelacht, oder?

»... habe ich sichergestellt, dass ich ein Alibi habe. Die Hochzeit deiner Schwester war zu öffentlich, als dass ich mir etwas hätte erlauben können. Also habe ich deine Cousinen gerufen, um sich um dich zu kümmern, als die Drogen angefangen haben zu wirken. Außerdem habe ich sichergestellt, dass sie sahen, wie ich in meinem Zimmer verschwand. Deine Cousine Luna hat sogar die gesamte Nacht vor meiner Zimmertür verbracht.«

Liebe Cousine Luna, die dem Wort Hartnäckigkeit eine ganz neue Bedeutung verlieh. Ihre Mutter vermutete ein störrisches Maultier in ihrem Stammbaum und Lunas Mutter, eine starke Texanerin, hatte es nie abgestritten.

»Wenn du aber festsaßt, wie es ist dir dann gelungen?« Wie hatte er es geschafft, sie fortzuschaffen und zu seiner Braut zu machen?

»Ich habe die Aufgabe delegiert. Schließlich bin ich in Russland ein Adeliger. Ich habe Lakaien, die sich um solche Angelegenheiten kümmern.«

Sie versuchte, bei dem Wort *Lakaien* nicht zu kichern. War Dmitri vielleicht einer von den Bösen, der in Wirklichkeit ein Herz aus Gold hatte?

»Sind diese Lakaien dieselben, von denen Meena mir erzählt hat? Es überrascht mich, dass du diese Idioten überhaupt in meine Nähe lässt.«

Dmitri grummelte. »Ich muss zugeben, dass sie nicht meine erste Wahl waren. Aber meine engeren Vertrauten und meine rechte Hand waren unpässlich. Anscheinend eine Lebensmittelvergiftung. Also blieben mir nur Gregori und Viktor. Als Piloten sind sie besser denn als Lakaien.«

»Du weißt schon, dass du dich anhörst wie ein Schurke, wenn du sie deine Lakaien nennst.«

»Wunderbar.« Er strahlte. »Schließlich muss ich sicherstellen, dass mein Ruf intakt ist.«

»Also ist es die Wahrheit? In Russland bist du ein Mafiaboss?«

»Bei dir hört sich das so schmutzig an. Und obwohl meine Fantasie schmutzig ist, ist mein Job es nicht. In vergangenen Zeiten wäre mir die Rolle eines *Knes* oder *Bojar* zugekommen.«

»Was, bist du etwa kein Zar? War das nicht der Kaiser?« Sie konnte nicht umhin zu grinsen, als sie ihn neckte, da er zwar ein unglaublich großes Ego hatte und trotzdem irgendwie süß war.

»Ich weiß, dass meine Vorfahren häufig eine solche hohe Stellung angestrebt haben. Ich hingegen ziehe es vor, bis ins hohe Alter zu leben. Ich habe selbst in meiner Position schon mit genügend Mordversuchen zu kämpfen.«

»Und was genau machst du?«

»Ich bin das, was ihr Amerikaner als Alphatier eures Rudels bezeichnen würdet.«

»Aber da steckt doch sicher mehr dahinter.«

Sein Mund verzog sich zu einem breiten Grinsen und passte eigentlich gar nicht zu einem Mann wie ihm, da es ihn wahnsinnig jungenhaft erscheinen ließ. »Import, Export.«

»Und wovon?«, fragte sie nach.

»Von allem, womit sich Geld machen lässt oder was mir mehr Macht verschafft. Ich kontrolliere einen großen Teil des Schwarzmarktes.«

»Also bist du wirklich ein Krimineller«, stellte sie fest.

»In Russland nennen wir es Kapitalist, was, so viel kann ich dir versichern, als schlimmer erachtet wird, als ein Dieb zu sein. Besonders weil ich einen Anzug trage.«

»Ist es gefährlich?«

»Jede Beschäftigung, die eines Mannes würdig ist, trägt ein gewisses Element der Gefahr in sich. So werden wir großgezogen.«

»Und was ist mit den Frauen? Wie werden sie behandelt?« Sie wusste genug von der Welt, um sich darüber im Klaren zu sein, dass Frauen in verschiedenen Teilen der Welt anders behandelt wurden. Wie würde Dmitri sie behandeln? Er neigte zum Größenwahn.

»Frauen müssen verehrt werden.«

Verehrt und davon abgehalten, bestimmte Dinge zu tun?

Sollte das der Fall sein, gefiel ihr der Gedanke ganz und gar nicht. »Mit anderen Worten, du glaubst, dass Frauen sich nicht um sich selbst kümmern können.«

Er zog überrascht die Augenbrauen hoch. »Ganz und gar nicht. Es sind die Frauen, die die Familie zusammenhalten.«

»Jetzt willst du also behaupten, dass es die Frauen sind, die alles kontrollieren? Und was ist mit all den großen Worten darüber, dass du der Alpha bist und der Chef?«

»Ich bin beides, aber ich weiß auch, wann es an der Zeit ist, sich Rat zu holen. Nur ein dummer Mann widerspricht den Ideen einer intelligenten Frau.«

»Muttersöhnchen«, hustete sie.

Eigentlich hätte er sich angegriffen fühlen können. Stattdessen lächelte er. »Das mag schon sein, doch es liegt keine Scham darin zuzugeben, dass meine Mutter eine intelligente Frau ist, die auf manche Situationen ein wenig zu enthusiastisch reagiert. Aber keine Angst, ich bin mir sicher, dass sie dir nichts tun wird. Du bist ja schließlich meine Frau.«

»Das ist wirklich unglaublich. Mein Vater wird dich töten wollen und deine Mutter ist vielleicht gegen mich. Wir sollten also bei allen Familientreffen einen Boden haben, der sich leicht reinigen lässt.«

»Wir halten die Familientreffen natürlich hier ab. Unsere Böden haben Jahrhunderte von Geschichte hinter sich. Und ein wenig Blutvergießen wird hier drüben sowieso erwartet. Es ist —«

»Die russische Art, Dinge zu tun. Das sagst du immer wieder.« Sie verdrehte die Augen, lächelte aber. Seine selbstverständliche Arroganz war ganz natürlich, nicht gespielt, und gefiel ihr unglaublich gut.

»Siehst du, du zeigst mir, wie perfekt du bist, indem du mich bereits jetzt schon so gut verstehst. Das wird auch meine Mutter einsehen. Und falls nicht, mach dir keine Gedanken, ich werde dich beschützen.«

Sie schürzte die Lippen. »So wie es aussieht, haben unsere Familien einiges gemeinsam.« Auch ihr Vater spielte verrückt, wenn es um die Familie ging. Glücklicherweise gab es in der Nähe ihres Hauses einen Nationalpark, der über eine tiefe Schlucht verfügte. Sonst hätten sie vielleicht ihren Vater während ihrer Jugend niemals persönlich umarmen können.

Sie versuchte, das Gespräch zurück aufs Thema zu bringen. »Wir sind wohl ein bisschen vom Thema abgekommen. Du hast mich also unter Drogen gesetzt und deinen Handlangern befohlen, mich zu entführen.«

»Es hat mich viele Rubel gekostet, sie davon zu überzeugen, sich als Frauen zu verkleiden, und Viktor hat mich sogar um einen Bonus gebeten, da einer der Gäste sich ihm gegenüber Freiheiten herausgenommen hat.«

Als Frauen verkleidete Männer? Ein paar hässliche entfernte Cousins und Jell-O-Shots kamen ihr ins Gedächtnis und sie verzog das Gesicht. *Und ich bin doch tatsächlich darauf reingefallen.* Und nicht mal ihre innere Katze hatte sie gewarnt.

Sie brauchte ihr nicht erst zu sagen, dass sie sich schämen sollte. Das tat sie bereits.

»Falls deine Männer alles getan haben, was hast du dann gemacht? Warst du am Telefon und hast schändliche Dinge geplant?«

»Während ich mir über meinen imaginären Schnurrbart gestrichen und dabei wie ein Bösewicht gelacht habe?« Er schnaubte. »Nicht ganz, mein kleines Kätzchen. Da ich nicht wusste, wie die Dinge ausgehen würden, habe ich mich dazu entschieden, Energie zu tanken.«

»Du hast geschlafen?«

»Ja. Und ich weiß nicht, warum dich das so zu ärgern scheint. Schließlich hast du auch geschlafen.«

»Weil ich unter Drogeneinfluss stand.«

»Sieh es einfach so, als hätten wir unsere Aufgaben synchronisiert. Ich weiß, dass meine brillante Weisheit manchmal nicht ganz leicht nachzuvollziehen ist, aber du wirst dich daran gewöhnen.«

»Werde ich das?«

Er lächelte in völliger Überzeugung. »Ja. Aber du lenkst mich ab. Du wolltest doch die ganze Geschichte hören. Meine Männer haben dich zu dem verabredeten Treffpunkt auf einem Landestreifen gebracht, wo sie dich in einer Orangenkiste versteckt an Bord eines Jets geschmuggelt haben.«

Das erklärte den Duft nach Zitrusfrüchten, den sie an sich hatte.

»Warst du auch dabei?«

»Von wegen.« Er verzog das Gesicht. »Leider musste ich meine Abreise von der Ranch hinauszögern, um keinen Verdacht zu erwecken. Eigentlich solltest du Mitleid mit mir haben.«

»Warum?«

»Ich musste beim Frühstück deine Familie ertragen.« Wie aufgebracht er klang. »Weißt du, dass sie die Frechheit hatten, mich zu beschuldigen, als dein Fehlen bemerkt wurde?« Wie sehr ihn das zu beleidigen schien, konnte sie ihm an der Stimme anhören.

»Aber du hast es schließlich auch getan.«

»Nun, ja schon, aber trotzdem, was für eine Frechheit. Einen Gast an ihrem Frühstückstisch zu beschuldigen.«

»Lass mich raten. Mein Vater hat dich angegriffen.«

»Wir haben vielleicht ein paar schlagkräftige Argumente ausgetauscht. In Anbetracht dessen, wie man mich behandelt hat, zog ich es vor, mich zu verabschieden, und bin an Bord meines Privatjets gegangen. Auf dem Weg zur Küste haben wir dich unterwegs aufgegabelt. Und während dieses Fluges habe ich unsere Hochzeit geplant und einen frommen Freund der Familie gebeten, die Zeremonie durchzuführen.

Und was den Rest unserer unglaublichen und ja, man könnte behaupten romantischen Geschichte angeht, weißt du ja, was passiert ist.«

»Ja, du hast mich unter Drogen gesetzt und mich hergebracht ...« Sie sah sich um. »Und ich weiß immer noch nicht, wo wir uns befinden.«

»Moskau, mein kleines Kätzchen, aber wir werden nicht lange hierbleiben. Ich hatte uns in einer Suite in der Nähe des Landestreifens untergebracht, während das Flugzeug aufgetankt und der Flugplan besprochen wird. Ich hatte gehofft, du würdest vorher aufwachen.«

»Warum?«

»Sodass wir unsere Ehe vollziehen können.« Er sagte es, ohne zu lachen.

Ich bin mit einem Verrückten verheiratet. Einem süßen Verrückten, aber trotzdem einem Verrückten ... »Du bist wirklich völlig durchgeknallt. Wir vollziehen hier überhaupt nichts. Vielleicht gilt sowas in deiner Welt als romantisch, aber in meiner wird man für sowas verhaftet.« Was, verdammt, tatsächlich irgendwie romantisch war. Und trotzdem warf es eine Frage auf. »Ich weiß immer noch nicht, warum du dir solche Mühe gemacht hast. Wäre es nicht einfacher gewesen, mich ein paarmal zu Verabredungen einzuladen, mich mit deiner wunderbaren Persönlichkeit zu bezaubern und mich dann zu bitten, dich zu heiraten?«

»Das hätte zu lange gedauert. Ich wollte dich. Also habe ich dich genommen. Du gehörst mir.«

Sie erschauderte. Da konnte die Frauenbewegung sagen, was sie wollte. Von einem sexy Mann als Eigentum bezeichnet zu werden hatte einen gewissen verführerischen Charme, der durchaus nicht zu verachten war.

»Und warum hast du mich nicht diese Entscheidung treffen lassen?«

Das Lächeln, mit dem er sie bedachte, hätte eigentlich

einer Warnung bedurft – dass sie schlechte Entscheidungen treffen würde. »Du wirst es nicht bedauern, meine kleine Katze.«

Das hoffte sie, doch letztendlich würde die Zeit es zeigen.

Das Handy in ihrer Hand vibrierte, als wäre es über den ankommenden Anruf verärgert. Sie musste gar nicht erst den Klingelton des »Imperial March« aus *Star Wars* hören, um zu wissen, dass der Anruf von ihrem Vater stammte. Das würde interessant werden.

Sie wartete darauf, dass Dmitri ihr schnell das Telefon wegnahm. Er würde keinesfalls zulassen, dass sie mit ihrem Vater sprach.

Doch mit einem lapidaren Wedeln seiner Hand in ihre Richtung sagte er: »Du solltest das Gespräch annehmen. Er macht sich große Sorgen.«

»Willst du mich denn gar nicht warnen, nichts zu verraten?«

»Es ist deine Entscheidung, kleines Kätzchen. Ein Abenteuer voller Erregung, Leidenschaft und Lust mit mir. Oder mein schnelles Ableben und die Rückkehr zu deinem langweiligen Leben. Unsere Zukunft liegt in deiner Hand.«

Sie wusste, was sie jetzt lieber in der Hand hätte. Allerdings war das jetzt nicht der passende Gedanke, wenn sie kurz davor stand, mit dem Teufel zu reden, der sie liebte. Sie atmete tief durch und nahm das Gespräch an. »Hallo, Daddy.« Und ja, sie benutzte ihre unschuldige kleine Mädchenstimme.

»Wage es ja nicht. Wo zum Teufel steckst du? Ich weiß, dass irgendetwas passiert ist. Ich habe doch gleich gewusst, dass ich diesen verdammten Arsch hätte töten sollen, als ich ihn dabei erwischt habe, wie er dich wie ein rohes Steak angesehen hat.«

»Daddy. Bitte achte auf deine Wortwahl!« Dabei ahmte sie den Tonfall ihrer Mutter perfekt nach.

»Versuch diesen Blödsinn gar nicht erst bei mir! Ich spreche so, wie es mir gefällt, wenn meine kleine Tochter plötzlich verschwindet.«

»Also verschwunden bin ich ja wirklich nicht. Ich weiß ganz genau, wo ich bin. Ich bin hier und spreche mit dir.«

Sie konnte den Dampf förmlich sehen, der ihrem Vater jetzt aus den Ohren stieg. »Wage es ja nicht, jedes meiner Worte auf die Goldwaage zu legen. Du weißt, wie sehr ich es hasse, wenn deine Mutter das tut.«

Sie grinste. Er hasste es wirklich, was auch der Grund dafür war, warum ihre Mutter es überhaupt tat. Ein Anfängerkurs im weiblichen Benehmen – sorge für deinen Mann, aber lass ihn sich nie zu sicher fühlen. »Gibt es einen bestimmten Grund dafür, warum ich haufenweise Anrufe und SMS bekommen habe?«

»Du kannst nicht einfach mitten in der Nacht mit all deinen Sachen verschwinden und davon ausgehen, dass wir uns keine Sorgen machen. Falls du bei diesem russischen Arschloch bist ...« Er beendete den Satz nicht.

Sie stand auf und ging weg, mit ihrem Telefon ans Ohr gedrückt, und tat ihr Bestes, um Dmitri zu ignorieren, als er ihr nachging.

Obwohl Dmitri eine vorgetäuschte Gleichgültigkeit an den Tag legte, konnte das Raubtier in ihr spüren, wie angespannt er war. Hätte sie raten müssen, hätte sie gewettet, dass er bei einem falschen Wort von ihr vorspringen würde, um ihr das Telefon wieder wegzunehmen.

Zwei Worte. Zwei Worte waren alles, was sie sagen musste, um Daddy und all die Rudel, zu denen er Verbindungen hatte, dazu zu bringen, sich in ein Flugzeug nach Moskau zu setzen und sie zurückzuholen.

Zwei Worte wie »Rette mich«.

Zwei Worte, um den Verlauf ihrer Zukunft zu ändern.

»Es geht mir gut. Richtig gut, um ehrlich zu sein, besonders weil ich abgehauen bin, bevor die Katastrophe wirklich losgehen konnte. Du weißt ja, was passiert, wenn Meena und ich zu lange gemeinsam an einem Ort bleiben.« Schließlich war es nicht umsonst, dass ihr Vater Schreinern, Klempnern und Elektroarbeiten erlernt hatte, während sie aufwuchsen. Das war auf die Dauer günstiger gewesen, als ständig die Handwerker im Haus zu haben. »Außerdem hatte ich schon vor Meenas überraschender Hochzeit Pläne, mich mit Freunden in New York zu treffen. Wir wollen einkaufen.«

»Du bist einfach wortlos verschwunden, um einkaufen zu gehen?« Der zweifelnde Ton in der Stimme ihres Vaters hätte fast dafür gesorgt, dass sie laut auflachte.

»Prada bringt gerade eine neue Taschenkollektion raus, auf die ich gespart habe.«

»Wir sterben hier vor Sorge um dich und du willst eine Tasche kaufen?«

»Nicht nur irgendeine Tasche. Eine Prada-Tasche, Daddy. Mutter würde es verstehen.« Im Zweifelsfall konnte sie immer ihre Mutter als Trumpfkarte ausspielen. Aus irgendeinem Grund widersprach er ihr nie.

»Und du bist sicher, dass es dir gut geht?« Aha, da war also der erste Zweifel an seiner vorgefassten Meinung, auf den sie hingearbeitet hatte.

»Es ging mir nie besser.« Sie traf Dmitris Blick, als sie die Behauptung äußerte, und seltsamerweise meinte sie es ernst.

Vergessen war die Beklommenheit oder Angst vor dem, was der Tiger mit ihr vorhatte.

Die Aufregung strömte durch ihre Adern. Die Erwartung weckte ihre Sinne.

Sie versicherte ihrem Vater noch ein paar Dutzend Mal, dass es ihr gut ging, bevor sie endlich auflegen konnte.

Während all dem spielte Dmitri den stillen Zuschauer. Dann wiederum, warum sprechen, wenn er sie praktisch mit den Augen auszog und jeden Zentimeter ihres Körpers mit seinem Blick streichelte?

Es war mehr, als ein Mädchen verkraften konnte, und nichts hinderte sie technisch gesehen daran, ihrem Verlangen nachzugeben. Frauen hatten die ganze Zeit Sex. Sogar Gelegenheitssex. Sie hatte sich so lange zurückgehalten. Sie hatte an einem Ideal festgehalten, das vielleicht nie eintreten würde.

Und was macht es schon, wenn er mich noch nicht liebt? Wir sind verheiratet. Er gehört mir. Sie hatte die Wahl, ob sie diese Ehe wahr machen wollte. Ihn in ihrem Leben, in ihrem Bett und in ihrem Herzen haben wollte.

Was ist mit in mir?

Das Verlangen machte sie mutig.

Sie schleuderte das Telefon zur Seite, warf sich auf die Couch, breitete die Arme aus und rief: »Nimm mich, ich gehöre dir.«

Es wäre vielleicht erotischer gewesen, wenn das französische Sofa im Landhausstil mit seinen geschnitzten Spindelbeinen nicht zusammengebrochen wäre.

Kapitel Neun

JEDER ANDERE MANN HÄTTE SICH DAS NICHT ZWEIMAL sagen lassen. Sein kleines Kätzchen war auf jeden Fall ausgesprochen verführerisch, ihr Haar zerzaust, ihr Dutt von all den Abenteuern komplett zerstört. Sie trug nicht gerade die Kleidung einer verführerischen Sirene, da er dafür gesorgt hatte, dass sie etwas weniger Auffälliges und etwas eher Praktisches trug als ihr Brautjungfernkleid – eine weibliche Hotelangestellte hatte das für ihn erledigt. Der weite Jogginganzug, den sie jetzt trug, war vielleicht nicht sexy, konnte aber nicht davon ablenken, wie wunderschön sie war.

Und sie lud ihn mit weit geöffneten Armen und Augen ein, ungeachtet der Tatsache, dass die zerstörte Couch auf der einen Seite auf dem Boden lag.

Sie wollte ihn. Warum also zögerte er?

»Versuchst du, mich zu dir zu locken, damit du meine inneren Organe zerstören kannst?« Das war eine Strategie seiner Schwester, die dem Mann daraufhin noch damit drohte, dass er ein Weichei wäre, wenn er es ihrer Mutter verriet.

Geschwister waren schrecklich.

Teena schüttelte den Kopf. »So etwas würde ich nicht tun.«

»Hoffst du, mich durch einen Schlag auf den Kopf auszuschalten, damit du fliehen kannst?«

»Irgendwie glaube ich, dass ich nichts habe, was hart genug dazu wäre.«

Stimmt, er hatte einen ziemlichen Dickkopf.

»Worum geht es dir denn dann?« Wie sie da so ausgestreckt auf der Couch lag, den Kopf geneigt, den Oberkörper entspannt, sah sie einfach wunderbar aus.

»Ich wollte nur kuscheln. Keine große Sache. Schließlich sind wir verheiratet, oder?« Sie versuchte, mit den Achseln zu zucken. Doch als sie ihre Schultern rollte, rutschte sie von den schrägen Kissen und landete auf dem Boden. Doch schnell richtete sie sich wieder auf, ein Bein ausgestreckt, das andere angezogen, während sie die Arme zurücklehnte und ihre Brust verführerisch hervor reckte.

Katzen hatten dieses wunderbare Talent, selbst die unbeholfenste Geste so aussehen zu lassen, als wäre sie beabsichtigt.

»Ja, wir sind verheiratet.«

»Genau, und das bedeutet, dass wir diese Ehe auch vollziehen sollten. Und dazu sind wir normalerweise beide vonnöten, und zwar so, dass wir einander nahe sind.«

Dmitri runzelte die Stirn. »Hast du nichts dagegen?«

»Würde es eine Rolle spielen?«

»Ehrlich gesagt nein, aber du musst doch wütend sein.« Er war unter Frauen aufgewachsen, die ihre Fassung ziemlich leicht verloren.

»Wütend, dass du mich geheiratet hast? Eigentlich nicht. Und glaub mir eins, das überrascht mich genauso sehr wie dich.«

Sie sagte die Wahrheit. Er spürte an ihr keinerlei Verärgerung, und das machte keinen Sinn. Jede andere Frau würde inzwischen rumschreien und Dinge nach ihm werfen. Deswegen hatte er auch alle wertvollen Gegenstände entweder festgeklebt oder weggesperrt. Allerdings brachte es auch nichts, wenn man die unbezahlbare Vase auf sich zukommen sah und das kleine Tischchen, auf dem man sie festgeklebt hatte, gleich mit.

Er versuchte es damit, ihr zu erklären, warum sie eigentlich darauf abzielen sollte, ihn mit seiner eigenen Krawatte zu erwürgen. »Es macht dir also gar nichts aus, dass ich dich entführt und geheiratet habe?«

Sie schüttelte den Kopf.

Und warum zögere ich da noch? Habe ich mir nicht eine gefügige Gefährtin gewünscht? Und hier war sie nun, bereit und willens, nur dass er nicht so weit war.

Wie zum Teufel konnte das sein?

Er ging erneut zu der Karaffe mit dem Brandy zurück.

Schon merkwürdig, dass es sie aufregte, dass er sich ihr verweigerte.

»Was machst du denn da? Sollten wir nicht mal diese ganze Sache mit der Hochzeitsnacht hinter uns bringen?«, fragte sie.

Er hätte daraufhin fast die Karaffe fallen gelassen, aus der er sich gerade ein neues Glas einschenkte. »Unser Flugzeug ist gleich fertig. In weniger als fünfzehn Minuten kommt ein Wagen, um uns abzuholen.«

»Das ist doch mehr als genug Zeit. Glaube ich zumindest.«

Er wirbelte zu ihr herum und betrachtete ungläubig ihre nachdenkliche Miene. »Glaubst du? Wie lange brauchen deine Liebhaber denn normalerweise?« Und könnte sie ihm bitte die Namen und Adressen verraten, damit er sie ausfindig machen und einen nach dem anderen ausschalten konnte, da sie sie vor ihm berührt hatten?

»Ich weiß nicht, wie lange so etwas normalerweise dauert. Ich bin noch Jungfrau.«

Der Schluck Brandy, den er gerade genommen hatte, geriet ihm in den falschen Hals und er hustete. Würgte. Keuchte und schnappte nach Luft. Sie kam zu ihm und klopfte ihm heftig auf den Rücken.

Nachdem es ihm gelungen war, ein kleines Maß an Luft in seine Lunge zu zwängen, fragte er mit rauer Stimme: »Was hast du da gerade gesagt?« Er hatte sie ganz sicher falsch verstanden.

»Ich habe gesagt, ich bin noch Jungfrau. Aber nicht mehr lange. Ich bin mir sicher, dass du weißt, wie man das ändert.«

Allerdings wusste er das. Oder zumindest wüsste er es, wenn es ihm gelänge, einen klaren Gedanken zu fassen.

Als er sich eine unbefleckte Braut gewünscht hatte, hätte er nie gedacht, dass er eine echte Jungfrau finden würde. Zumindest keine, die so wunderbar war wie sie.

Unbefleckt und mein. Die Sache hatte doch ganz sicher einen Haken. »Du möchtest, dass ich dich verführe?«

»Du bist mein Ehemann. Verführung, Inbesitznahme, wie immer du es auch nennen möchtest. Ich warte schon sehr lange. Ich kann es kaum abwarten zu erfahren, wie es sich anfühlt.« Sie lächelte ihn an und Erwartung hing dick um sie herum in der Luft.

Erwartungen an ihn.

Lag es an ihm oder hatte seine Ehe gerade eine unerwartete Wendung genommen? Es ging jetzt nicht mehr nur um eine normale Vereinigung ihrer Körper. Die körperliche Vereinigung hatte ganz neue Risiken angenommen. Großer Druck lastete auf ihm. Das erste Mal einer Frau war etwas, das sie nie wieder vergaß und an das sie sich, nach all dem zu urteilen, was er im Laufe der Jahre gehört hatte, noch lange und nicht immer positiv erinnern würde.

Was, wenn es dir überhaupt nicht gefällt?

Ihre Schwester hatte mal etwas in der Richtung gesagt, dass die Wirklichkeit nicht mit der Vorstellung mithalten konnte.

Was, wenn ich versage und sie sich nie wieder nach meiner Berührung sehnt?

Das war völlig inakzeptabel.

Teenas erstes Mal musste perfekt sein. Unvergesslich.

Mit ihm.

Er brauchte noch einen weiteren Drink.

Obwohl er mit dem Rücken zu ihr stand, kam sie zu ihm und legte ihm beschwichtigend die Hand auf den Rücken. »Anscheinend habe ich dir Kummer bereitet. Es tut mir leid, dass ich noch Jungfrau bin. Es war keine Absicht.«

Sie entschuldigt sich dafür, rein zu sein? Er hätte sich fast erneut verschluckt. Er stellte krachend das Glas ab und wirbelte zu ihr herum. Dort nahmen ihre unglaublichen Augen, ihr zauberhafter Blick und ihr jungfräulicher Körper ihm den Wind aus den Segeln. Am liebsten hätte er gleichzeitig gebrüllt und gestöhnt. »Ich finde die Tatsache, dass du noch Jungfrau bist, ausgesprochen attraktiv.«

»Aber?«

»Aber jetzt frage ich mich, ob meine Handlungen nicht etwas vorschnell waren. Eine Frau wie du verdient es, anständig umworben zu werden. Die perfekte Verführung. Und so soll es sein«, beschloss er in diesem Moment in einem Geniestreich, der ihm Zeit verschaffen würde.

Als er das sagte, erschien eine steile Falte der Verwirrung auf ihrer Stirn. »Das verstehe ich nicht.«

»Wie du festgestellt hast, sind wir verheiratet, und während es mein eheliches Recht ist, die körperlichen Freuden zu genießen, die diese Verbindung mit sich bringt, werde ich vorerst davon absehen und dich so umwerben, wie du es verdienst.« Er würde mit ihr flirten, sie necken und verführen, bis sie ihn anflehte, sie zu nehmen. Dann, und nur dann würde er sie nehmen, während sie sich auf dem Höhepunkt ihrer Leidenschaft befand.

»Lass mich das noch einmal rekapitulieren. Erst entführst du mich und heiratest mich, während ich noch unter Drogeneinfluss stehe, damit du mich zu der Deinen machen kannst, aber weil ich noch Jungfrau bin, wirst du nicht mit mir schlafen.«

Wie sehr er ihre schnelle Auffassungsgabe liebte. »Genau.« Er strahlte sie an.

Sie andererseits seufzte und murmelte: »Das ist wieder typisch, dass das Glück mir ein Schnippchen schlägt.«

Aus ihren Worten sprach der Unmut, doch das war alles. Sie begann nicht, zu streiten. Sie warf nicht mit Dingen nach ihm. Und sie versuchte auch nicht, zu entkommen.

Stattdessen lehnte sie sich auf der noch nicht zusammengebrochenen Seite der Couch zurück, die sofort ebenfalls unter ihr nachgab, als wollte sie sich über sie lustig machen. Doch Teena zuckte nicht einmal mit der Wimper, sondern setzte sich einfach im Schneidersitz auf das jetzt ebenerdige Sofa.

Der freie Platz lud ihn ein, sich neben sie zu setzen. Verdammt, alles an ihr war einladend.

Aber nein, wenn er ihr zu nahe kam, konnte er sich nicht darauf verlassen, sein Versprechen einzuhalten, obwohl er sehen konnte, wie sehr sie das aufbrachte. Ihr so nahe zu sein würde dazu führen, dass sie sich küssten. Küsse würden dazu führen, dass sie einander berührten. Und wenn sie einander berührten, würde er sich nicht zurückhalten können und würde sie wie ein wildes Tier auf der beengten Fläche der Couch nehmen und ihr damit das erste Mal ruinieren. Und damit würde er auch ihr zukünftiges gemeinsames Liebesleben ruinieren.

Nein. Er würde warten. Das einzige Problem war nur, dass es wehtat zu warten – und dass ein bestimmter Körperteil schon ganz blau und angeschwollen war. Aber wenigstens brachte er seiner Braut den entsprechenden Respekt entgegen.

Nur schade, dass sie es nicht zu würdigen wusste.

Kapitel Zehn

Was muss eine jungfräuliche Braut bitte tun, um ihre Unschuld zu verlieren?

Teena hätte es wirklich gern gewusst. Sich ihm anzubieten hatte nicht funktioniert. Als sie ihrem Ehemann gesagt hatte, dass er der Erste und Einzige sein würde, hatte sie ihn damit anscheinend in Panik versetzt. Würde sie Dmitri fesseln und sich an ihm vergehen müssen, um endlich zum Zuge zu kommen?

Ihr gefiel die Idee ganz gut, wenn sie nur den Mut hätte, es auch durchzuziehen, der ihr allerdings fehlte. Sie konnte sich nur allzu gut vorstellen, welche Katastrophen passieren würden, wenn sie es tatsächlich versuchte. Wenn sie Seile oder auch nur einen Gürtel benutzte, könnte das dazu führen, dass einige seiner Körperteile nicht mehr durchblutet wurden. Wenn sie sich ihm an den Hals warf, könnte ihm das körperlichen Schaden zufügen.

Ihr Daddy konnte vielleicht mit seinem kleinen Mädchen umgehen, doch andere Männer wurden einfach zerquetscht. Nicht dass Teena das eigenhändig ausprobiert hätte, doch sie hatte genügend Geschichten von ihrer Schwester Meena gehört und ihr dabei geholfen, mehrere Ich-hoffe-dein-gebrochenes-Schlüsselbein-tut-nicht-allzu-sehr-weh-Gute-Besserung-Karten zu schreiben, um zu wissen, dass es keine Seltenheit war.

Hätte Teena den Mut gehabt, hätte sie sich einfach splitternackt ausgezogen.

Tu das nicht!

Jedoch ließ ihre natürliche Zurückhaltung das nicht zu.

Anscheinend gelang es ihr nicht mal verheiratet, Erfolg bei den Männern zu haben. Besser gesagt bei einem Mann. Ihrem Ehemann. *Meinem Lebensgefährten.*

Denn obwohl er zuerst versucht hatte, ihre Schwester zu heiraten, hatte Teena mittlerweile genügend Zeit mit ihm verbracht, um sich einer Sache sicher zu sein. Dmitri gehörte ihr.

Er war ihr Seelenverwandter. Der Eine. Ihr Ehemann.

Wenn ihr fehlgeleiteter Russe das jetzt auch noch Wirklichkeit werden ließe, wovon sie überzeugt war, anstatt an der wohlgemeinten, aber völlig lächerlichen Meinung festzuhalten, dass sie umgarnt werden wollte.

Während der Fahrt zum Flughafen, die in einer Limousine stattfand, schwiegen sie. Sie saß ihm gegenüber und sah dabei zu, wie er Anrufe tätigte und dabei Russisch sprach. Die fremdartigen Worte verursachten ihr eine sinnliche Freude. War er die Art Mann, die ihr auf Russisch süße Dinge zuflüsterte? Vielleicht würde sie es eines Tages herausfinden.

Als er auflegte, fragte sie: »Das hat sich ziemlich ernst angehört. Gibt es Probleme?«

»Nichts Ungewöhnliches. Ich habe nur mit meiner Mutter und meiner Schwester geredet, damit sie über die derzeitige Lage Bescheid wissen.«

»Sind sie aufgebracht, weil du mich geheiratet hast, ohne dass sie dabei waren?«

»Ich bin ihr Fürst. Es spielt keine Rolle.«

Bei dieser arroganten Aussage zog sie eine Augenbraue hoch.

Er lachte. »Okay, ich musste mir eine lange Rede darüber anhören, dass ich ein undankbarer Sohn bin, der seine Mutter der Möglichkeit beraubt hat, eine opulente Hochzeitsfeier zu organisieren, um den Neureichen aus den anderen Clans zu zeigen, wie eine königliche Hochzeit wirklich aussieht. Meine Schwester hingegen sagte, ich wäre ein sturer Bock, dem man am besten mit einem Knüppel auf den Kopf hauen sollte, weil er sich wie ein Neandertaler aufführt.«

Sie konnte nicht umhin zu lächeln. Denn trotz seiner Klagen konnte sie hören, wie sehr er sie liebte. »Es hört sich an, als stündet ihr euch alle sehr nahe. Lebt ihr zusammen?«

Er verzog das Gesicht. »Ja. Aber ich kann dir versichern, dass mein Heim ausgesprochen groß ist. Während die beiden im Ostflügel wohnen, haben wir den gesamten Westflügel für uns.«

»Es gibt verschiedene Flügel? Wie groß genau ist dein Haus?«

Er wedelte nachlässig mit der Hand. »Die Größe spielt keine Rolle.«

Der kleine Schelm in ihr, der, der ihrer Schwester anscheinend zu oft gelauscht hatte, erwiderte: »Schon komisch, denn alle Mädchen haben mir immer versichert, dass es sehr wohl auf die Größe ankommt. Je größer, desto besser.«

Während sie bei ihren eigenen Worten nicht errötete, konnte sie bei seiner Antwort nicht umhin, das zu tun. »Ich versichere dir, dass an mir alles groß genug ist, um dir Freude zu bereiten, mein kleines Kätzchen. Und meine oralen Fähigkeiten haben schon so manche zum Schreien gebracht.«

Die Leidenschaft, die in seinen Augen aufflackerte,

raubte ihr den Atem, und einen Moment lang war sie davon überzeugt, dass er zu ihr herüberspringen und sich neben sie setzen, sie vielleicht sogar küssen würde, nur dass dann das verdammte Handy erneut klingelte und den Moment zerstörte.

Am Flughafen angekommen wurden sie vor allen anderen abgefertigt, und die Sicherheitsprüfung bestand hauptsächlich aus Händeschütteln und sehr wenig Prüfen.

»Wie ist dir das gelungen?«, wollte sie wissen, als sie das Hauptgebäude verließen und auf ein kleines Flugzeug zusteuerten, das vor einem Hangar stand.

»Wie ist mir was gelungen?«

»Mich trotz aller Sicherheitsvorkehrungen aus Amerika herauszubekommen. Ich habe gehört, dass die Sicherheitsmaßnahmen für Reisende verschärft worden sind.«

»Ich habe Verbindungen, mein kleines Kätzchen. Und wenn das nicht reicht, so ebnet ein wenig Schmiergeld normalerweise den Weg.«

Ironie des Schicksals, dass sie, die alles tat, um die Regeln zu befolgen, mit einem Typen verheiratet war, dem es ein Anliegen war, sie alle zu brechen.

Er ist das genaue Gegenteil von mir.

Vielleicht war sie einfach nur blauäugig. Wie sollte das mit ihnen funktionieren? Hatte diese verrückte Ehe überhaupt eine reelle Chance?

Ja.

Es war ihre innere Katze, die sie schließlich daran erinnerte, dass ihre überkorrekte und ordentliche Mutter glücklich mit ihrem gesetzlosen Vater verheiratet war.

Es stellte sich nur die Frage, ob sie genauso verliebt waren wie ihre Eltern.

Die Zeit würde es zeigen. Oder ihr Daddy würde ihn umbringen.

An Bord von Dmitris Privatjet saß Teena zurückgelehnt

in ihrem cremefarbenen, weichen Ledersitz und sah dabei zu, wie Dmitri auf seinem Tablet herumtippte, die Augenbrauen nachdenklich zusammengezogen. Sie konnte seine Anspannung geradezu spüren.

»Stimmt etwas nicht?«, wollte sie wissen. Hatte seine Mutter ihrem Unmut vielleicht auch noch schriftlich Luft gemacht?

»Zwei weitere Mitglieder meines Clans sind verschwunden. Insgesamt fünf in den letzten fünf Monaten.«

»Sind sie weggezogen?« Es war nicht ungewöhnlich, dass erwachsene Gestaltwandler umzogen. Dadurch stiegen die Chancen, einen passenden Partner zu finden.

»Nein, sie sind nicht umgezogen. Einer hat eine schwangere Ehefrau zurückgelassen, während der andere verlobt war und heiraten wollte. Anscheinend sind sie verschwunden, ohne irgendetwas mitzunehmen, nicht mal ihre Pässe oder sonst irgendwelche Habseligkeiten.«

Jetzt runzelte sie ebenfalls die Stirn. »Das ist wirklich merkwürdig. Hast du Feinde? Könnte es sein, dass sie sie entführt haben, um dich zu manipulieren?«

Er lachte verächtlich. »Selbstverständlich habe ich Feinde. Ich wäre kein anständiger Anführer, wenn ich keine hätte. Allerdings geschehen Angriffe auf meine Herrschaft normalerweise in Form von Drohungen und derjenige gibt seine Identität auf jeden Fall preis, damit dem Verantwortlichen die gebührende Ehre zukommt.«

Es war schon furchterregend genug, dass sie ihre Welt und ihre Familie zurückließ, aber bei dem Gedanken, dass sie sich in Gefahr begeben könnte, wurde ihr einen Moment lang flau im Magen. »Befinden wir uns in Gefahr?«

»Ich werde nicht zulassen, dass dir etwas passiert.« Er sagte es mit allergrößter Überzeugung.

Und sie glaubte ihm, was dafür sorgte, dass sie den Mut

aufbringen konnte, von ihrem Sitz aufzustehen und sich auf seinen Schoß zu setzen.

Man musste ihm zugutehalten, dass er nicht keuchte, als sie sich auf seinen Schoß fallen ließ – und es schien auch nichts zu brechen –, aber er hörte sich misstrauisch an, als er fragte: »Was tust du da?«

Sie tat das, was sie bei ihrer Mutter gesehen hatte, wenn diese etwas von ihrem Vater wollte. Andererseits hatte sie ziemlich oft dabei zugesehen, wie ihre Eltern hinter der soliden Eichentür verschwunden waren, sodass sie wusste, dass ihre Mutter nie allzu hart arbeiten musste, um ihren Vater zu verführen.

Teena legte ihm die Arme um den Hals und lehnte sich zu ihm. Das Flugzeug machte einen Satz, als es anfuhr.

Bumm.

Sie rieb sich den Kopf. »Entschuldige.«

»Es besteht kein Grund für Entschuldigungen, mein Kätzchen. Unfälle können passieren.«

»Und zwar öfter, als man meinen sollte«, erwiderte sie trocken.

Nun, da sie auf seinem Schoß saß, wusste sie nicht, was sie sagen oder tun sollte. Er hatte sie noch nicht von seinem Schoß geworfen, aber auch noch nichts anderes getan, als sie lose im Arm zu halten.

Gefiel ihm ihre Initiative? Oder war sie zu forsch gewesen?

Er strich ihr eine lose Haarsträhne hinter das Ohr. »Du bist nervös.« Es war eine Feststellung, keine Frage.

»Ja, ein bisschen schon.«

»Ist es das Flugzeug? Hast du Angst vorm Fliegen?«

Sie schüttelte den Kopf.

»Warum dann die Nervosität?«

Sie fragte sich, ob er sich absichtlich dumm stellte. Andererseits hatte er natürlich seine ganz eigene Art, die Welt zu betrachten. Vielleicht war ihm wirklich nicht klar, wie nervös er sie machte. »Es ist deinetwegen.«

»Meinetwegen?«

Sie nickte.

Er zog die Augenbrauen hoch. »Das macht doch überhaupt keinen Sinn. Du sitzt auf meinem Schoß. Wenn meine Gegenwart dich nervös macht, warum bist du dann hergekommen?«

Sie wand sich auf seinem Schoß und spürte eine interessante Beule in seiner Hose, die unter ihrem Hintern zu wachsen schien. Das beantwortete zumindest eine Frage. Er wollte sie.

»Ich habe mich hingesetzt, weil ich es wollte.« Das hatte sie, doch nun fragte sie sich, ob es eine richtige Entscheidung gewesen war. Er schien jedenfalls nicht besonders begeistert zu sein. Vielleicht sollte sie sich wieder hinsetzen.

Doch dann legte er die Arme um sie. »Es gefällt mir, dass du keine Angst vor mir hast. Oder gehört das alles zu einem Plan, um mich dazu zu bringen, mich zu entspannen, damit du mich töten kannst?«

»Du bist wirklich ausgesprochen misstrauisch.«

»Ein Mann in meiner Position muss sich immer fragen, welche Motive die anderen wohl haben.«

»Selbst deine eigene Ehefrau?«, wollte sie wissen.

»Besonders diejenigen, die mir nahestehen. Es sind oft diejenigen, denen man am meisten vertraut, die einen am schlimmsten hintergehen.«

Er hörte sich ausgesprochen traurig an, als er das sagte. »Das hört sich so an, als hättest du damit Erfahrung.«

»In der Vergangenheit. Es ist schon lange her. Längst vergessen und hat nichts mit der Zukunft zu tun.«

»Unsere Zukunft – huch.« Mit einer plötzlichen Bewegung hob das Flugzeug vom Boden ab und die Schwerkraft übte ihre Wirkung auf sie aus.

Sie hatte Glück, dass Dmitri angeschnallt war und sie festhielt. Er lachte. »Keine Bange, ich habe dich.«

Tatsächlich tat er das und als ihre Blicke einander trafen, entzündete sich die Hitze zwischen ihnen. Sie lehnte sich zu ihm hin und er kam ihr entgegen, seine Lippen fanden ihre in einem sinnlichen Kuss. Er saugte und leckte, knabberte sanft an ihrem willigen Fleisch.

Er küsste sie und schmeckte sie, als wäre sie der köstlichste Leckerbissen aller Zeiten, seine leisen Laute der Erregung sorgten dafür, dass sie sich auf seinem Schoß wand.

Sie ließ ihre Hände über seine breiten Schultern wandern und vertraute darauf, dass er sie festhielt, um sie vor dem Fallen zu bewahren.

Wie breit er schien, seine wohl definierten Muskeln absolut entzückend. Sie ließ ihre suchenden Handflächen über seinen muskulösen Oberkörper streichen und erkundete jeden Winkel, den sie erreichen konnte.

Als das Flugzeug seine Flughöhe erreicht hatte, begann auch er, sie mit den Händen zu erforschen. Er streichelte ihren Rücken, fuhr ihr mit den Händen unter ihr Hemd, und der Schock seiner Finger, die über ihre Haut tanzten, sorgte dafür, dass ihr der Atem stockte.

Oh, wie sehr sie mehr wollte. Seine Zunge, die ihren wunderbaren Tanz in ihrem Mund aufführte, brachte sie dazu zu stöhnen. Wie konnte das sinnliche Spiel ihrer Zungen so erregend sein?

Die Hitze zwischen ihnen hätte ihre Kleidung zu Asche verbrennen sollen. Sie wünschte sich fast, dass es so wäre, damit sie seine Haut spüren konnte. Sie wollte den Körper berühren, der vor ihr verborgen war. Stattdessen landete sie auf dem verdammten Boden, als ein massiver Ruck das Flugzeug erschütterte und sie von seinem Schoß warf.

Sie hätte ihn vielleicht nicht so wütend angesehen, wenn sein keuchend vorgebrachtes: »Mein Kätzchen, ist alles in

Ordnung?«, nicht von heftigem Lachen begleitet worden wäre.

»Das ist nicht witzig«, grummelte sie, während sie aufstand, und stolperte dann erneut, als das Flugzeug wieder ruckte.

Aus dem Lautsprecher der Maschine ertönte eine Durchsage. »Eine kurze Warnung, dass Turbulenzen vor uns liegen. Wir empfehlen, dass Sie sich anschnallen, da es noch schlimmer werden könnte.« Die Stimme aus dem Lautsprecher hatte sogar noch einen stärkeren Akzent als Dmitris.

Sie ließ sich erneut auf ihren Sitz fallen, fand den Sicherheitsgurt und schnallte sich an. Jetzt hatte sich sogar das schlechte Wetter gegen sie verschworen.

Aber immerhin war sie jetzt ziemlich hoffnungsvoll.

Er will mich. Und eine Sache stand außerdem noch fest. Sie wollte ihn auch.

Kapitel Elf

VERDAMMT, WIE SEHR ER SIE WOLLTE.
Hier.
Auf der Stelle.
Wen interessierte es, dass es kein Bett gab und ihre Privatsphäre fraglich war? Sein kleines Kätzchen hatte den ersten Zug gemacht. Sie hatte sich auf ihn gesetzt, als ob sie auf seinen Schoß gehörte, was sie ja auch tat.
Trotz ihrer Unschuld und seiner Methoden schien sie bereit, die Ehe zu vollziehen.
Sie akzeptierte und wollte ihn.
Oder war das nur ein Trick?
Der Argwohn zeigte sein hässliches Gesicht. Er ließ die unschuldigsten Handlungen zweifelhaft erscheinen. Dmitri hatte in seinem Leben zu oft mit Menschen zu tun gehabt, die logen, und zwar gut logen. Er wollte der Arglosigkeit in ihrem Handeln und in ihrem Blick glauben, aber was, wenn er sie enttäuschte? Schließlich war ihre Zwillingsschwester vehement dagegen gewesen, sich mit ihm zu vereinigen, was auch gut war.
Er konnte nun sehen, wie falsch sie füreinander gewesen

wären. Aber das bedeutete nicht, dass Teena sich genauso fühlte. Ihre Worte und Taten schienen anders zu sein, oder ließ er seine eigene Hoffnung und die Tatsache, dass er sich zu ihr hingezogen fühlte, sein Urteilsvermögen trüben?

Ich liege nicht falsch.

Er erlaubte es einfach nicht. Wenn er jetzt Zweifel aufkommen ließ, würde er sich für immer hinterfragen, und Dmitri war nicht die Art Mann, die mit dieser Art von Ungewissheit leben konnte.

Er würde darauf vertrauen, dass sein kleines Kätzchen wollte, dass diese Ehe funktionierte, zumal sie noch nichts getan hatte, mal abgesehen von ein paar Worten – die eher als obligatorischer Protest zu sehen waren.

Das Rumpeln und Rucken des Flugzeugs, während es gegen die bösartigen Luftströmungen kämpfte, erwies sich als einschläfernd, zumal jetzt, da er auf russischem Territorium war, viel von der Anspannung abfiel, die ihm gefolgt war, seit er mit seiner Beute aus den Vereinigten Staaten entkommen war.

Er gähnte und lächelte, als er bemerkte, dass Teena versuchte, ebenfalls ein riesiges Gähnen hinter einer Hand zu verstecken. Vielleicht war ein kurzes Nickerchen angebracht, bevor sie landeten und er damit beginnen würde, seine Frau zu umwerben.

Er spürte, wie seine Ohren knackten. Sie mussten mit dem Landeanflug begonnen haben. Aber als er aus dem Fenster blickte, sah er statt der vertrauten Felder und Straßen, die er eigentlich sehen sollte, auf ein bergiges Gelände und dichte, eingeschneite Waldgipfel.

Da stimmt was nicht. Er war diese Route zu oft geflogen, um das hier für normal zu halten. War sein Pilot vom Kurs abgewichen?

Er schnallte sich ab und stand auf, als Teena mit schläfriger Stimme fragte: »Sind wir schon da?«

»Bald, mein Kätzchen. Ich muss kurz mit dem Piloten reden. Ruh dich doch ein wenig aus.«

Als er an ihr vorbeikam, strich er ihr mit den Fingern über die Haut und ihre Wimpern flatterten auf ihrer Wange. Sie schreckte nicht vor seiner Berührung zurück. Ganz im Gegenteil, ein kleines Lächeln erschien auf ihren Lippen.

Er wäre nur allzu gern einen Moment länger bei ihr geblieben, besonders weil sie so weich und begehrenswert war. Doch der Gedanke, dass irgendetwas nicht stimmte, ließ ihn nicht in Ruhe.

An der Tür zum Cockpit angekommen zog er am Griff, nur um festzustellen, dass sie abgeschlossen war. Merkwürdig. Gregori und Viktor schlossen sie normalerweise nie ab.

Als er scharf an die Tür klopfte, bekam er keine Antwort. Mit gerunzelter Stirn klopfte er erneut.

Wieder keine Antwort, was nichts Gutes heißen konnte.

Und das ist der Grund dafür, dass ich es hasse zu fliegen. Am Boden konnte er zumindest kontrollieren, was geschah. Hier oben war er der Gnade seiner Piloten ausgeliefert.

»Stimmt etwas nicht?«, wollte Teena wissen, die sich hinter ihn gestellt hatte.

»Nein. Alles in Ordnung.« Er log mit Finesse. »Es gibt nur ein kleines Problem mit dem Flugplan, das ich innerhalb kürzester Zeit geregelt haben werde.«

»Ein Problem? Was für ein Problem?«

»Wir sind einfach nicht da, wo wir sein sollten. Aber ich bin sicher, dass es einen guten Grund dafür gibt.« Und wenn nicht, würden Gregori und Viktor das ganze Ausmaß seines Zorns zu spüren bekommen.

Sie kicherte.

Was merkwürdig war, weil er eigentlich nicht vorgehabt hatte, witzig zu sein. »Was ist so lustig?«

»Wäre es nicht wieder typisch Ironie des Schicksals,

wenn du mich entführst und dabei ausgerechnet selbst entführt wirst?«

»Das würde niemand wagen.« Zumindest nicht, wenn derjenige am Leben bleiben wollte. Andererseits hatten die meisten seiner Feinde einen Todeswunsch.

Er hämmerte erneut gegen die Tür und diesmal bekam er seine Antwort. Nur eben keine, die ihm gefiel. »Verpiss dich, Junge. Ich lass dich nicht rein.«

Das war weder Gregori noch Viktor. Noch sonst jemand, der für Dmitri arbeitete. Als zuvor die Lautsprecherdurchsage ertönt war, war er abgelenkt gewesen und hatte die gedämpfte Stimme nicht infrage gestellt. Nun fragte er sich aber, wer zum Teufel da im Cockpit saß.

»Wir wurden entführt.« Einen Moment lang erstaunte die Tatsache ihn.

»Von Terroristen?«, wollte sie wissen.

Also, das war eine etwas übereilte Annahme. Schnell versuchte er, sie zu beruhigen. »Nun, so würde ich das nicht nennen. Ich habe keine Angst, du etwa?«

Sie blinzelte. »Du weißt aber schon, was ein Terrorist ist, oder?«

»Ja. Ich weiß auch, was eine Leiche ist, was eine passende Bezeichnung für den Idioten ist, der sich im Cockpit befindet.«

»Dieser Idiot fliegt das Flugzeug.«

»Was bedeutet, dass er ja wohl kaum etwas tun wird, um uns zu schaden, während wir noch in der Luft sind.« Und ja, tatsächlich, sein unglaublicher Intellekt hatte schon wieder die wichtigste Tatsache gefunden.

Allerdings war ihre Feststellung noch intelligenter. »Nein, du hast recht. Und das bedeutet, dass er uns erst irgendwohin bringen will, wo er das Gefühl hat, die Kontrolle zu haben, bevor er uns verrät, was er vorhat. Ich denke, wir müssen einfach abwarten und sehen, was passiert.«

»Abwarten?« Dmitri lachte verächtlich. »Wohl nicht. Hast du schon vergessen? Ich bin kein sonderlich geduldiger Mann.«

»Mal abgesehen davon, wenn es darum geht, deine Frau zu entjungfern«, grummelte sie und realisierte eine Sekunde zu spät, dass sie das laut ausgesprochen hatte. Die Röte stieg ihr in die Wangen.

»In diesem Fall ist Geduld etwas Gutes.«

»Warum, weil wir einander dann mehr lieben werden?«

»Nein, weil du es dann kaum abwarten kannst, von mir berührt zu werden.« Als er ihren erstaunten Gesichtsausdruck sah, zwinkerte er ihr zu. »Und jetzt, mein kleines Kätzchen, tritt bitte einen Schritt zurück, während ich unserem fehlgeleiteten Piloten einen Besuch abstatte.«

»Und wie willst du das anstellen? Die Tür ist abgesperrt. Hast du einen Schlüssel?«

Wahrscheinlich, aber verdammt, er wusste einfach nicht, wo er aufbewahrt wurde. Bevor er jemals wieder in ein Flugzeug stieg, würde er sicherstellen, dass er ihn bei sich hatte. In der Zwischenzeit musste er jedoch diese Tür aufbekommen.

Teena wich zurück, um ihm reichlich Platz zu machen. Er machte einen Schritt zurück, hob einen Fuß und trat zu.

Bumm. Er verursachte ein beeindruckendes Geräusch, hinterließ eine kleine Beule, aber die Tür verspottete ihn, indem sie sich nicht öffnete.

Bumm. Bumm. Bumm. Immer wieder trat er gegen das verdammte Ding. Während strengere Flugsicherheitsvorschriften die Cockpittüren von Verkehrsflugzeugen praktisch undurchdringlich gemacht hatten, war die Tür bei kleineren Privatjets wie seiner Cessna Citation eher dazu da, den Insassen Privatsphäre zu bieten.

Die Tür gab nach, der Metallrahmen, in den sie eingelassen war, verbog sich so weit, dass er das Schloss öffnen konnte. Es dauerte nur einen Moment, bis er bemerkte, dass sich im Cockpit zwei Personen befanden. Einer der Männer machte sich nicht mal die Mühe, sich umzudrehen und ihn anzusehen, aber er war nicht Dmitris größte Bedrohung. Die war der Kerl, der vor ihm stand und eine Waffe auf ihn richtete.

Seine innere Katze war alles andere als beeindruckt. Eine Waffe zu einem Gestaltwandler-Kampf mitbringen! Einige Leute hatten wirklich keinen Anstand.

»Komm nicht näher, mein Freund.« Er unterstrich die Worte mit einem Wedeln seiner Waffe.

Obwohl er sich normalerweise von niemandem etwas sagen ließ, tat Dmitri erstmal wie geheißen. Es hatte vermutlich etwas damit zu tun, dass der Lauf der Waffe auf seine Stirn gerichtet war. Obwohl er normalerweise bei Verletzungen schneller wieder heilte als normale Menschen, konnte ein Kugel aus dieser Entfernung ihn trotzdem töten.

Kommt überhaupt nicht infrage. Ich habe noch nicht einmal mit meiner Frau geschlafen.

Aber interessierte das diesen Idioten – der ziemlich stark nach Reptil roch? Anscheinend nicht, denn er zischte: »Geh zum hinteren Ende des Flugzeugs oder ich blase dir das Gehirn weg.«

Dann geschahen ein paar Dinge gleichzeitig. Zum einen bewegte sich Teena, aber da sie ihren Blick mit großen Augen auf den Entführer gerichtet hatte, war es ihr egal, wo sie hintrat.

Ihr Fuß verfing sich an der Kante eines Sitzes. Das Flugzeug ruckte genau in diesem Moment, vom Wind durchgerüttelt. Es brachte seine frisch angetraute Frau aus dem Gleichgewicht und sie stürzte auf die Wand des Flugzeuges zu. Es war auch zufällig die Wand mit der Tür.

Sie hielt sich am Hebel fest, mit der die Tür geöffnet wurde, und alles hätte in Ordnung sein können, wenn der

Bewaffnete sie nicht angewiesen hätte: »Steh auf und Hände hoch.«

Das Flugzeug wackelte immer noch, also war es nicht aus Absicht – oder zumindest nahm Dmitri das an, da sie immer noch dastand, den Hebel in der Hand. Er machte kein Geräusch, als er sich drehte. Sobald er jedoch eine bestimmte Stellung erreicht hatte, erwies sich das Geräusch, das entstand, als die Tür sich öffnete, als wahnsinnig laut.

Der Schütze bellte: »Geh von der verdammten Tür weg, und zwar auf der Stelle.«

Und an diesem Punkt wurden die Dinge wirklich interessant.

Kapitel Zwölf

Ups. Der plötzliche Unterdruck, der im Flugzeug entstand, bedeutete nichts Gutes.

Teena stolperte von der Öffnung weg. Sie hatte nicht vorgehabt, die Tür zu öffnen. Hatten diese Dinger keinen sicheren Verschluss?

Jetzt spielte es keine Rolle mehr.

Als sie sich von der Tür weggeschoben hatte, indem sie einfach das tat, was ihr befohlen worden war, öffnete die Tür sich einfach und blieb offen stehen, weil der Luftsog dafür sorgte, dass sie nicht zufallen konnte. Sie war wie ein großes, breites Loch in der Seite des Flugzeugs, das zu einem gewissen Sog innerhalb der Kabine führte.

Total unangenehm, aber zum Glück explodierten ihre Köpfe nicht. Glücklicherweise wusste Teena genug über das Fliegen – angesichts der Vorfälle, die sie durchgemacht hatte –, um zu wissen, dass sie niedrig genug waren und dass es nicht nötig war, die Kabine unter Druck zu setzen. Allerdings sorgte eine unter Druck stehende Kabine für einen angenehmeren Flug, da die offene Tür einen Wirbelsturm verursachte.

Ihr Haar peitschte um ihren Kopf und sie konnte nichts mehr sehen. Und so stolperte sie weg von der tödlichen Öffnung. Es war nie eine gute Idee, ohne Flügel in den großen, weiten Himmel aufzusteigen. Da musste man nur Onkel Marty fragen.

Sie stolperte über die Couch – verdammt seien ihre ungeschickten, riesigen Füße – und fiel darauf.

Während sie sich bemühte, sich aufzurichten, eine Aufgabe, die immer schwieriger wurde, da das Flugzeug in der Luft schaukelte, bemerkte sie, dass Dmitri, anstatt sich von dem Kerl zurückzuziehen, der die Waffe hielt, zu ihm eilte, um ihn zu konfrontieren.

Heroisch oder dumm?

So oder so, sie war wie gebannt und beobachtete die sich entfaltenden Ereignisse.

Ihr frischgebackener Mann besaß schnelle Reflexe. Im Handumdrehen hatte er das Handgelenk gepackt, das die Waffe hielt, und dafür gesorgt, dass die Pistole jetzt über seinen Kopf hinweg zielte. Mit seinem anderen Arm griff er nach dem Entführer, um ihn in dem Versuch, ihn zu erwürgen, an sich zu drücken.

Teena, die sich plötzlich benahm wie ihre Zwillingsschwester, konnte nicht anders, als zu schreien: »Mach ihn fertig!«

Dmitri grunzte als Antwort, als er und der Schütze ungeschickt umher wankten. Beide kämpften um die Kontrolle über die Situation, aber der Platzmangel und die ungleichmäßigen Bewegungen des Flugzeugs verschafften Dmitri einen Nachteil.

Ich sollte ihm helfen. Aber wie?

Die Waffe. Wenn sie die Waffe in ihren Besitz bringen könnte, würde das die Dinge wieder ins Lot bringen.

Sie sprang auf ihre Füße, streckte die Arme aus und

beugte ihre Knie, als sie den Gang zwischen den Polstersitzen entlangging.

Das Flugzeug rollte und tauchte wie ein Schiff im Sturm. Es war genug, um ein Mädchen dazu zu bringen, ihren Mageninhalt auszuleeren. Aber angesichts der Tatsache, dass auf vielen der Reisen, die Teena unternommen hatte, Probleme aufgetaucht waren – die Fähre, die plötzlich in einen Sturm geraten war und sich mit Wasser gefüllt hatte, oder der Hubschrauber, der einen riesigen Pelikan getroffen hatte und trudelnd außer Kontrolle geraten war –, hatte sie gelernt, den Inhalt ihres Magens bei sich zu behalten.

Als sie das kämpfende Paar erreichte, musste sie auf einen Sitz springen, da die beiden auf sie zukamen. Die zusätzliche Höhe war jedoch perfekt, da sie mit beiden Händen die Waffe greifen konnte, die der Typ freigab, besonders nachdem sie sich zu ihm gelehnt und ihn in die Finger gebissen hatte.

»Verdammte Schlampe!«, schrie der blutende Entführer.

»Ich lasse nicht zu, dass du meine Frau beschimpfst«, knurrte Dmitri. Er holte aus und schlug dem Typen ins Gesicht. Einmal, zweimal.

Der Entführer taumelte, sein Blick einen Moment lang unscharf, doch dann blinzelte er und sein Blick war wieder klar. Er sah sie und griff an.

Sie kreischte und versuchte, zur Seite zu springen.

»Aaaaaaaaaaaaaaah!« Der Schrei des Typen wurde immer leiser, als er aus dem Flugzeug nach unten fiel.

Teena biss sich auf die Lippe und konnte nicht umhin zu murmeln: »Ups. Das habe ich eigentlich nicht gewollt.«

Dmitri strahlte. »Sehr gut gemacht, kleines Kätzchen. Sollen wir uns jetzt um den Piloten kümmern?«

Nur dass der Pilot etwas dagegen hatte, dass man sich um ihn kümmerte. Er kam mit einem Fallschirm auf dem Rücken aus dem Cockpit und richtete ebenfalls eine Pistole auf sie.

»Gleich zwei Waffen in meinem Flugzeug?«, rief Dmitri aufgebracht. »Wer zum Teufel besticht meine Sicherheitsbeamten? Das ist einfach vollkommen inakzeptabel.«

»Komm mir nicht zu nahe«, befahl der Pilot, der sich langsam auf die Öffnung im Flugzeug zubewegte.

»Ich kann nicht zulassen, dass du springst«, entgegnete Dmitri kopfschüttelnd. »Also geh wieder ins Cockpit und flieg das verdammte Flugzeug. Wenn du jetzt auf mich hörst, werde ich dich vielleicht später nicht töten, wenn ich dich verhöre, um zu erfahren, wer dich dafür bezahlt hat, das zu tun.«

»Fick dich.« Mit diesen Worten stürzte der Pilot auf die Öffnung zu und Dmitri war nicht schnell genug, um ihn aufzuhalten.

Er fluchte auf Russisch.

Es war auf vulgäre Art sexy, half aber auch nichts.

»Jetzt ist nicht der richtige Zeitpunkt, sich aufzuregen. Wir müssen etwas tun.«

Außer dass er sich nicht bewegte. »Warum bekommst du keine Panik?«

Sie zuckte mit den Achseln. »Ich war schon auf einer Fähre, die gekentert ist, in einem Flugzeug, dessen Fahrwerk nicht ausfahren wollte, und in einem Bus, dessen Bremsen nicht funktionierten, also kommt mir das Ganze hier irgendwie normal vor. Ich habe dich ja gleich gewarnt, dass die Probleme mich verfolgen.«

»Ich hingegen werde vom Glück verfolgt. Mach dir keine Sorgen, kleines Kätzchen. Wir werden überleben.«

Er schien ausgesprochen überzeugt davon, was nur eins bedeuten konnte: »Du weißt, wo weitere Fallschirme sind?«

»Nein. Den, den der Pilot getragen hat, muss er selbst mit an Bord gebracht haben.«

Es wurde ihnen beiden gleichzeitig klar, doch sie sagte es

zuerst. »Und was ist mit dem Typen, der aus dem Flieger gefallen ist? Vielleicht hatte er auch einen.«

Da sie nicht gleichzeitig durch die Tür des Cockpits passten, ließ sie als Dame Dmitri den Vortritt, und er sah sich um. Mit triumphierendem Grinsen erschien er wieder. »Treffer!« Er hielt den Fallschirm in der Hand.

Vielleicht würden sie tatsächlich überleben. *Noch besteht Hoffnung, dass ich nicht als Jungfrau sterbe!*

Sie mussten die Gurte des Fallschirmes lockern und sie kümmerte sich um die eine Seite, während er sich die andere vornahm. Und die ganze Zeit über pfiff der Wind durch die offene Tür.

Gerade als er ausrief: »Ich glaube, das reicht, damit ich mich hineinzwängen kann«, begann das Flugzeug, das unbemannt und mit einer Art Autopilot unterwegs war, zu ruckeln. Teena stolperte und mit wild um sich schlagenden Armen bewegte sie sich in Richtung Tür.

»Ahhh!« Sie konnte einen Angstschrei nicht unterdrücken.

Aber Dmitri hatte nicht vor, sie fallen zu lassen – besonders nicht Tausende von Metern, wo eine Landung den sicheren Tod und nicht die Flitterwochen bedeutete. Er griff mit den Händen nach ihren und zog sie zurück in die Mitte des Flugzeugs und in Sicherheit.

Er hat mich gerettet. Das war so unglaublich romantisch.

Allerdings hatte er bei dem Rettungsversuch den Fallschirm fallen lassen. Teena hätte eigentlich voraussagen können, was als Nächstes geschah. Das Flugzeug neigte sich zur Seite und ihre einzige Hoffnung zu überleben rutschte in Richtung Tür.

Verdammt noch mal.

13

Kapitel Dreizehn

Als er Teenas entsetzten Gesichtsausdruck sah, hätte Dmitri am liebsten losgelacht. Doch jetzt war nicht der richtige Zeitpunkt, sich zu amüsieren. Später, wenn sie bei einem Glas echten russischen Wodka vor einem bullernden Feuer saßen, hätten sie noch genügend Zeit dazu, sich über den unglücklichen Hergang der Dinge zu amüsieren. Und sich dann zu lieben.
Brüll.
Zuerst jedoch mussten sie überleben.
Dmitri trat durch die aufgebrochene Tür ins Cockpit und wurde von den unzähligen Zifferblättern, Tasten und Blinklichtern geblendet. Warum konnte er keinen sehen, auf dem stand: »Hier drücken, um das verdammte Flugzeug zu landen«? Er wollte das verfluchte Ding doch nur lange genug fliegen, um es zu landen, ohne eine Bruchlandung hinzulegen und in einem großen Flammenball zu explodieren.
Wie kompliziert konnte es schon sein?
Er ließ sich auf einen der Pilotenstühle fallen und machte den Fehler, aus dem vorderen Fenster zu schauen. Das Flugzeug war schon weit unterhalb der Wolken und fiel schnell.

Sie bewegten sich in einem Abwärtswinkel und sie würden entweder auf dem Boden oder an einem Berg zerschellen, der vor seinen Augen immer größer wurde.

Die Chancen standen schlecht. Ausgezeichnet. Es würde ihre Flucht in der Nacherzählung umso großartiger machen – natürlich mit ihm in der Rolle des Helden.

Mit noch immer recht blassem Gesicht steckte Teena den Kopf ins Cockpit und schrie, um über das Flugzeug und die Windgeräusche gehört zu werden.

»Weißt du, wie man dieses Ding fliegt?«, fragte sie.

Ein Mann gab niemals zu, wenn er mit seinem Latein am Ende war. »Mehr oder weniger. Ich habe mehrere Filme gesehen, in denen Flugzeuge vorkamen.«

»Oh Gott, wir werden sterben.«

»Ein bisschen mehr Vertrauen bitte. Ich würde nicht zulassen, dass meine Frau als Jungfrau stirbt. Und jetzt solltest du dich besser anschnallen. Es könnte etwas wackelig werden.«

Sie murmelte: »Warum sind alle Reisen immer so kompliziert?«, und ließ sich in den Sitz neben ihm fallen, wo sie sich anschnallte, während er versuchte, die blinkenden Knöpfe vor ihm zu verstehen.

Er wusste nicht, was sie zu bedeuten hatten. Der Fluggeschwindigkeitsmesser erklärte sich von selbst, Drehmoment hingegen war etwas weniger klar und das Zifferblatt mit der Aufschrift Richtungsdrehzahl klang für ihn wie böhmische Dörfer.

»Was willst du jetzt tun?«, fragte sie und sah ihn an, während er die Flugkonsole betrachtete.

»Da mir keine Zeit bleibt, die Bedienungsanleitung zu lesen, und ich als Mann sowieso nicht daran glaube, Anweisungen zu folgen, würde ich sagen, dass Hoffnung Flügel verleiht.« Er wartete, dass sie über seinen Witz lachte.

Nicht witzig genug, oder war es einfach zu früh für

Witze? Okay, vielleicht war jetzt nicht der richtige Zeitpunkt für Leichtfertigkeit. Der Berg schien das Rennen zu machen, wenn es darum ging, woran sie zerschellen sollten. Es war an der Zeit, etwas zu tun. Irgendetwas.

Aus dem Durcheinander von Zifferblättern, Blinklichtern und Tasten erkannte er eine Sache – ein Lenkrad.

Sein männliches Gen übernahm die Kontrolle, als er das Rad ergriff, und die Titelmusik von *Top Gun* summte durch seinen Kopf. Er sollte bemerken, dass er für die Bösen gewesen war, als er sich den Film angesehen hatte, besonders deshalb, weil es seine Schwester verrückt machte, weil sie für Tom Cruise schwärmte, bis sie herausfand, wie alt er im wahren Leben war.

Angesichts des schnell aufragenden Berges zog er hart am Steuerrad. Das Flugzeug zitterte und etwas Metallisches kreischte auf, als die Maschine sich senkrecht stellte. Scheiße. Er drückte gegen das Rad, doch wieder war es zu viel und Teena schrie, als sie zu fallen begannen, wobei die Nase des Flugzeugs direkt auf den Boden zielte.

Sanft. Ich muss sanft sein.

Rohe Gewalt war nicht der richtige Weg, um dieses Ding zu fliegen. In Anbetracht dessen zog er das Rad wieder, diesmal weicher. Zuerst fragte er sich, ob es funktionieren würde, aber allmählich korrigierte sich ihr Winkel, bis sie wieder einigermaßen waagrecht in der Luft lagen, trotzdem zitterte das Flugzeug noch und sie hielten auch weiterhin direkt auf die Bergkette zu.

»Äh, Dmitri.«

»Ich weiß. Ich sehe sie auch.«

Langsam zog er an dem Rad und ließ sie aufsteigen, aber der Berg näherte sich immer noch schnell. Er zog etwas fester und fühlte Schweißperlen auf seiner Stirn.

Er, nervös? Niemals. Genau wie er nie zugeben würde,

dass er den Atem angehalten hatte, als sie so gerade eben den Grat des ersten Gipfels überquert hatten.

»Aha. Siehst du. Es ist gar nicht schwer.«

Bevor sie antworten konnte, erwachte das Funkgerät zum Leben. »Head Hunter an Fang. Dein Anflug ist zu niedrig, was ist da los?«

Dmitri sah sich erfolglos nach einem Antwortknopf um. »Wie zum Teufel kann ich da antworten?«

»Antworten? Bist du verrückt?«

»Nur etwa ein Sechzehntel mütterlicherseits. Obwohl es in der Familie meines Vaters wohl Psychosen gibt.«

»Das war eine rhetorische Frage.«

»Nicht für mich. Wo ist jetzt dieser Sprechknopf? Ich habe Lust darauf, mit dem Verantwortlichen zu reden.«

»Du darfst jetzt nicht sprechen. Du, mein verrückter Ehemann, musst dich darauf konzentrieren, das Ding hier zu fliegen. Ich kümmere mich um unseren Anrufer.« Teena zog ein Sprechgerät mit geringeltem Kabel aus einer seitlichen Ablage. »Head Hunter, hier spricht Wütende Löwin. Fang kann gerade nicht. Over.«

Dmitri hätte sie dafür küssen können, dass sie nicht hysterisch wurde. Er hätte sie dafür verführen können, dass sie so ruhig und sexy war. Und er hätte sich mit Haut und Haaren wieder in sie verlieben können, weil sie einfach so perfekt war.

»Was ist mit Fang? Wer ist da dran?«

»Tatsächlich eine aufgebrachte Löwin und ich möchte noch hinzufügen, dass du dir das falsche Flugzeug zum Entführen ausgesucht hast.«

Um ihren Worten noch mehr Gewicht zu verleihen und weil es einfach zu viel Spaß machte, hielt Dmitri die Hand hin und bat darum, auch sprechen zu dürfen. Sie war nicht die Einzige, die ihren Spaß daran hatte, Drohungen auszusprechen.

Sie reichte ihm das Funkgerät.

Er drückte den Knopf seitlich am Gerät und sagte mit leiser Stimme, die, die seine Schwester die oh-Scheiße-ich-hoffe-du-hast-dein-Testament-gemacht-Stimme nannte: »Ich bin dein Tod. Flieh. Flieh, so schnell und so weit du kannst, denn ich komme, um dich zu töten.«

Und dann hängte er ein.

Er wartete eigentlich darauf, dass die Person sich erneut melden würde, um etwas zu erwidern, doch die Leitung blieb still.

Bevor er sich entscheiden konnte, ob das eine gute oder schlechte Sache war, fragte Teena: »Glaubst du, dass das schlau war?«

»Es ist nur fair, meine Beute zu warnen, dass ich komme. Zumindest wird es dann zu einer kleinen sportlichen Herausforderung.«

»Aber du weißt ja noch nicht mal, wessen der Typ sich schuldig gemacht hat.«

»Wenn er mit denen, die uns entführen wollten, zusammengearbeitet hat, dann war er schon allein deswegen schuldig. Ich dulde keine Drohungen gegen meine Person und schon gar nicht gegen meine Frau.«

»Du und mein Vater, ihr habt wirklich viel gemeinsam.«

Ahhh, sie hatte ihn mit ihrem Vater verglichen. Genau das, was ein potenzieller Liebhaber sich wünschte.

Was eine protzige Antwort anging, so schluckte er sie, da irgendetwas das Flugzeug dazu brachte, seine Lage zu verändern. Dann platzte die Windschutzscheibe, als etwas dagegen traf.

»Verdammt, das schießt jemand auf uns.«

Würde der Ärger, der sie plagte, nie enden? Ein Mann mochte ein wenig Action und Abenteuer, um das Blut in Wallung zu bringen, aber das wurde langsam mehr als nur lächerlich. Wie sollte er seine neue Frau richtig umwerben und sie in sein Bett bekommen, wenn immer wieder solche Scheiße passierte?

Mehr Kugeln schlugen in das Flugzeug ein, oder so nahm er an, als sich das Geräusch des Motors änderte. Ein schwacher Hauch von Rauch wehte hinein zu ihm und die Zifferblätter auf seinem Armaturenbrett drehten sich wie verrückt, blinkten und vermittelten im Allgemeinen eine schlechte Stimmung.

»Ich glaube, wir sollten besser landen«, schlug sie vor und er musste ihr zustimmen.

»Landen? Kein Problem. Halt dich gut fest, kleines Kätzchen. Es könnte wieder etwas holprig werden.«

14

Kapitel Vierzehn

Anscheinend hatten sie ziemlich unterschiedliche Auffassungen davon, was *etwas holprig* bedeutete.

Als Dmitri das Flugzeug nach unten neigte, schien die Luft gegen sie zu arbeiten. Es ruckelte und wackelte und schaukelte, aber sie konnte damit umgehen. Es waren eher die Baumkronen, die sie durch das zersprungene Fenster des Cockpits sehen konnte und auf die sie zurasten, die sie dazu brachten, sich an ihrem Sitz festzuhalten.

Es gab keinen Ort, an dem sie landen konnten. Überall waren Bäume, ihre Kronen waren hoch und sie standen dicht an dicht. Kein Platz für ein kleines Flugzeug und seine Insassen.

Aber sie hatten keine Wahl. Der Rauchgeruch wurde stärker, das jammernde Kreischen der Motoren fast schmerzhaft.

Der Bauch des Flugzeugs tauchte tiefer, so tief, dass er die Spitzen der höchsten Nadelbäume streifte. Es zog und brach die Wipfel von ein paar weiteren Bäumen. Eine gute Sache, dass sie ihren Gurt trug, weil der Wald entschlossen schien, sie zu beanspruchen, und ihr Flug wurde von einer rasenden Geschwindigkeit zu einem schnellen Hüpfen, zum Ruckeln und schließlich zu einem langsamen Stopp.

Ihr Kopf wurde hin und her geschleudert und sie konnte nicht umhin, mehrmals zu schreien. Aber Schreien war gut. Das bedeutete, dass sie im Moment noch am Leben war.

Als sie schließlich zu einem abrupten Halt kamen, dauerte es einen Moment, bis sie ihren letzten Atemzug ausatmete. War es vorbei? Hatten sie wirklich überlebt?

Sie machte ein Auge einen Spaltbreit auf und sah sich um. Vom Fenster aus konnte sie Zweige sehen. Die Bäume hatten ihren Sturz abgefangen.

»Haben wir es tatsächlich geschafft?« Sie konnte ihre Überraschung nicht verbergen.

»Natürlich haben wir es geschafft«, entgegnete Dmitri mit ungebrochenem Selbstbewusstsein. »Ich habe dir doch gesagt, dass das Glück auf meiner Seite ist.«

Peng.

»Du konntest es einfach nicht auf sich beruhen lassen und musstest das Glück herausfordern, was?«, grummelte sie.

»Ich fordere jeden heraus, selbst das Glück.«

Durch das ganze Flugzeug fuhr ein Schaudern und es stöhnte, als es sich zur Seite neigte.

Nur gut, dass sie noch angeschnallt war, denn das Flugzeug zeigte jetzt in einem ausgesprochen steilen Winkel nach unten.

»Äh, Dmitri. Und wie kommen wir jetzt hier raus?«, fragte sie und blickte auf den Berghang, der sich unter ihnen erstreckte, einen schneebedeckten Hang mit weißen Klumpen, grauen Haufen und Baumgruppen, die ihn säumten. Wenn sie Ski gefahren wäre, hätte sie die unberührte Piste geliebt, aber sie hatte Skifahren nur ein Mal versucht. Die Lawine war genug gewesen, um sie davon zu überzeugen, dass es nicht ihr Sport war.

»Ich glaube, mein Kätzchen, wir sollten uns besser nicht bewegen.«

»Und wie soll uns das helfen?«, fragte sie, als das Flugzeug knackte und sich ein wenig weiter nach vorn neigte.

»Tut es nicht, aber du solltest die paar Sekunden, die uns noch bleiben, dazu nutzen, um tief durchzuatmen und dich ordentlich festzuhalten, ich glaube nämlich, dass wir uns auf eine ordentliche Rutschpartie gefasst machen können.«

Mit einem Stöhnen neigte sich das Flugzeug weiter nach vorne und die Zweige gaben nach. Die Bäume, die zunächst ihren Sturz abgefangen und sie gerettet hatten, wollten sie nun anscheinend nicht mehr. Sie wurden auf den Bergabhang geworfen.

Und was hatte Dmitri ihnen geraten? Vergessen war der Rat. Er jodelte: »Juhu!«

Hatte dieser dämliche Tiger etwa tatsächlich Spaß?

»Du bist verrückt!«, rief sie, während sie entsetzt dabei zusah, wie die Landschaft an ihnen vorbeiraste.

»Nicht verrückt. Russe.« Und ja, er lächelte, als er das sagte. Sie sah es genau, weil sie nicht umhinkonnte, ihren verrückten Ehemann anzublicken.

Und dann starrte sie ihn einfach weiter an, weil es viel schöner war, ihn anzuschauen, als den Ernst ihrer Lage zu betrachten, während sie mit tödlicher Geschwindigkeit den Berg hinunterrasten.

Schlittenfahren extrem, genau das, was ihrer Schwester Spaß gemacht hätte, auf das Teena aber gern verzichtet hätte. Ihre Zähne schlugen aufeinander und klapperten, aber worüber sie sich am meisten Sorgen machte, war das Anhalten.

Würden sie gegen etwas rasen, das groß genug war, um sie aufzuhalten? Würden sie von einer Klippe fliegen und dann in den sicheren Tod stürzen, oder würden sie nach einer

Weile am Fuß der Steigung ankommen und sanft dahingleiten, bis sie zum Stillstand kamen?

Nichts davon war der Fall.

Nach einer wilden Fahrt, die ihr Gehirn durchschüttelte, endete der Hang und sie schossen nach vorne auf eine scheinbar riesige, freie Fläche. Nur dass es sich nicht um eine verschneite Lichtung handelte. Der See, auf dem sie sich drehten, bildete eine fast perfekte Eisbahn, deren Zentrum schneefrei war, da der Wind den Schnee gegen die Ufer gedrückt hatte.

Das Flugzeug kam quietschend zum Stehen und Teena wagte es, wieder zu atmen.

»Ich kann es nicht glauben. Wir haben es geschafft. Wir leben noch. Wir sind –« *Krach. Verdammt, ich habe schon wieder das Schicksal herausgefordert.* »Am Arsch!«

Kapitel Fünfzehn

Ein schmutziges Wort aus dem Mund seines kleinen Kätzchens? Wie unglaublich dekadent, und er hätte am liebsten die Lippen geküsst, über die dieses schmutzige, schmutzige Wort gekommen war, wenn die Situation nur ein wenig vielversprechender gewesen wäre.

Katzen hassten das Wasser, besonders wenn es eiskalt war, deswegen wollte Dmitri auch nicht darüber nachdenken, was passieren würde, wenn das Flugzeug durch das Eis brach. Er sah, dass auch Teena das Dilemma verstand, doch sein mutiges kleines Kätzchen schien gut mit dem Druck umgehen zu können, mal abgesehen von dem Kraftausdruck, den sie benutzt hatte.

»Ich denke, wir sollten das Flugzeug vielleicht langsam verlassen«, sagte er.

Mal abgesehen von dem Riss war auch der Rauchgeruch nicht geringer geworden, und wo Rauch war, gab es auch Feuer, das wusste jeder. Die Hitze eines Brandes würde ihrer Situation nicht helfen.

Geschmolzenes Eis war nur eines ihrer möglichen Probleme. Trotz seines üblichen Optimismus war Dmitri besorgt darüber, was passieren würde, wenn die Flammen den Treibstofftank erreichten.

Dmitri genoss es, bei einem Feuerwerk zuzusehen, nicht selbst Teil davon zu werden. »Das Flugzeug verlassen? Wow, warum habe ich nicht daran gedacht?«, grummelte sie und schnallte sich ab. Sie stand auf und erstarrte dann, als ein Knirschen durch das Flugzeug lief und es zum Zittern brachte. »Ist das die höchst subtile Art deines Landes, mir zu sagen, dass ich abnehmen muss?«

»Auf keinen Fall. Du bist perfekt so wie du bist. Du musst allerdings mit dem Fischen nach Komplimenten bis später warten, Kätzchen. Wir sollten uns besser beeilen.«

»Und was ist mit dir? Warum hast du dich noch nicht abgeschnallt?«

»Mach dir keine Sorgen, Weib, ich folge dir in Kürze. Aber ich halte es für besser, nicht zu viel Gewicht gleichzeitig auf das Eis zu verlagern, da wir nicht wissen, welcher Teil des Flugzeuges als Erstes Gefahr läuft, das Eis zu durchbrechen.«

Sie zögerte einen Moment, betrachtete die Tür, die Windschutzscheibe und dann ihn. Sie machte einen Schritt auf die Tür zu, hielt inne, wirbelte herum und beugte sich dann vor, um ihm schnell einen Kuss auf die Lippen zu geben.

Dann floh sie, doch die Wärme, die von ihrem Kuss zurückblieb, den sie ihm gegeben hatte, sorgte dafür, dass er wie ein Idiot grinste.

Als wollte das Flugzeug ihn herausfordern, bebte es erneut. »Benimm dich«, erklärte er auf Russisch. »Es ist noch nicht an der Zeit zu sterben.« Nicht jetzt, da er noch nicht die sinnlichen Freuden seiner Ehefrau genossen hatte.

Seiner Ehefrau. Eine Frau, die in den letzten Stunden viele Male fast gestorben wäre. Nichts hieß eine Frau so gut in ihrem Heimatland willkommen, wie entführt und mit einer Waffe bedroht zu werden, fast aus einem Flugzeug zu fallen, abzustürzen und dann nach einer wilden Rutschpartie auf dünnes Eis zu gelangen. Es war jedoch positiv zu bewerten, dass sie noch immer lebten. Allerdings waren sie noch nicht in Sicherheit.

Die Kälte kroch an ihm hinauf wie ein schleichendes Raubtier, das versuchte, sich in seine Knochen zu graben, und wenn er, der hier geboren war, die Kälte spüren konnte, wie sehr würde sie dann seinem sensiblen kleinen Kätzchen zusetzen?

Er hörte, wie sie über das Brummen der Motoren rief: »Ich habe es nach draußen geschafft und mache mich auf den Weg zum Ufer.«

Zeit für ihn, ebenfalls zu flüchten. Er musste überleben, um Teena am Leben zu erhalten.

Er musste hier rauskommen, wenn er seine Rache nehmen wollte. Die Köpfe würden rollen.

Zeit zu handeln, knurrte sein Tiger.

Später, antwortete Dmitri, wenn es denn ein Später gab. Er machte vorsichtige Schritte, ließ seinen massigen Körper durch den schiefen Türrahmen fallen und hielt dann den Atem an, als sich der Boden unter seinen Füßen bewegte.

Das helle Tageslicht, das durch die Öffnung in der Seite strömte, lockte ihn. Doch da draußen lag die verdammte Kälte mit ihren eisigen Fingern, die die Unvorsichtigen und schlecht Vorbereiteten gern in ihre tödliche Umarmung zog.

Wir brauchen mehr Kleidung. Was bedeutete, dass er zu ihrem Gepäck gelangen musste.

Nur dass der hintere Laderaum nicht mehr existierte. An der Rückseite des Flugzeugs gaffte blauer Himmel. Es gab keine zusätzlichen Kleider für sie.

Verdammt.

Dmitri suchte den Innenraum ab und entdeckte sein Handy auf einem der Stühle. Es war zwischen Sitz und Rückenkissen eingeklemmt. Er schob es in eine Tasche, bevor er die Polsterung anhob und ein Staufach mit ein paar ordentlich gefalteten Decken fand. Er packte sie und ließ den Deckel des versteckten Stauraums zufallen.

Krach. Knirsch. Zitter.

Ihm lief die Zeit davon. Mit den Decken in der Hand raste er in den hinteren Teil des Flugzeugs, vor allem, weil das vordere Ende beschlossen hatte, sich bedrohlich nach vorne zu neigen. Im Kampf gegen die zunehmende Steigung sprang er die letzten Meter auf das gezackte Loch in der Seite zu und sprang.

Seine Beine liefen, zappelten in der Luft und trieben ihn vorwärts.

Seht mich an. Ich fliege –

Bumm. Er schlug auf das Eis auf und rollte sich sofort ab, was auch gut war, denn das Stück Eis, auf dem er landete, hob sich und brach ab. Eigentlich schien die Eisfläche auf dem ganzen See sich in Stücke zu teilen. Er konnte das ominöse Knirschen hören, als sich die Risse über die gefrorene Eisfläche ausbreiteten, blitzschnell, und das kalte Wasser die Membran verschlingen wollte, die es bedeckte, zusammen mit allem anderen, das es erwischen konnte.

Es wird mich nicht bekommen.

Dmitri rannte, so schnell er konnte, seine Beine flogen über das Eis und Adrenalin jagte durch seine Adern. Bis zu diesem Zeitpunkt hatte er Glück gehabt, die leichten Grate im Eis und seine ausgezeichnete Balance hielten ihn davon ab auszurutschen. Aber kaum hatte er das gedacht, traf er mit dem Fuß schließlich auf eine glatte Stelle und er rutschte ab. Es brachte ihn vollkommen aus dem Gleichgewicht.

Zum Glück fiel er nicht hin. Ein bestimmtes Kätzchen griff nach seiner wedelnden Hand und gab ihm genügend Halt, sodass er nicht kopfüber auf dem Eis landete.

Er schaffte es bis zum Ufer, oder zumindest zur dicken Schneebank. Er atmete schwer und nahm sich einen Moment

Zeit, um den See zu betrachten, und sah gerade noch, wie das zerfetzte Ende des Flugzeugs im Wasser versank.

»Ich glaube, ich muss mir ein neues Flugzeug kaufen.«

»Wir sind mitten im Nirgendwo, haben keine Kleidung, keine Vorräte und auch sonst nichts, und dir geht es nur darum, ein neues Spielzeug zu kaufen?« Die Arme um ihren Körper geschlungen zitterte sein Kätzchen, ihre Lippen blau angelaufen, was ihr nicht gut stand.

»Hier, leg dir das um.« Er warf die Decken um ihre Schultern, aber sie reichten nicht aus, um die Kälte abzuwehren. Er musste einen Unterschlupf für sie finden, und zwar schnell.

Er griff nach ihrer Hand und zerrte sie vom Rand des Wassers weg. Im Freien waren sie einem heftigen Wind ausgesetzt. Sie sollten sich in den Schutz der Bäume begeben. Zumindest konnte er ihnen dort vielleicht ein Feuer machen.

Aber was ist mit dem Rauch? Unsere Feinde jagen uns.

Ausgezeichneter Punkt. Er würde ein großes Feuer machen, um sie auf den richtigen Weg zu bringen. Er wollte wirklich mit demjenigen reden, der sein Flugzeug abgeschossen hatte. Cessnas waren nicht billig.

Mit klappernden Zähnen und träge schleppte sich die arme Teena hinter ihm her, um mit ihm Schritt zu halten.

Dmitri spürte die Kälte, vielleicht nicht so stark wie sie, aber genug, um zu wissen, was zu tun war. Er blieb stehen, während sie ein paar weitere Schritte machte und nur von der Tatsache aufgehalten wurde, dass er sie an der Hand hielt.

»Wa-wa-was machst d-d-du d-d-da?«, brachte sie zwischen klappernden Zähnen hervor.

»Ich zeige dir, was du bisher verpasst hast«, antwortete er, zog sein Jackett aus, löste seine Krawatte und zog sie sich vom Hals. Dann zog er sich sein Hemd aus, sodass er einen bloßen Oberkörper hatte.

»D-d-d-doofe Idee.«

»Nicht wirklich. Du wirst schon sehen.« Er zog ihr die Decke von den Schultern und legte ihr das Hemd um.

Sie versuchte zu protestieren. »Nein.«

Er ignorierte sie und legte ihr den Mantel um und dann die Decken wieder darauf. Er legte ihr die Krawatte um die Ohren, um ihre zarten Ohrläppchen zu schützen. Dann zog er seine Hose aus. Es amüsierte ihn, dass seine Braut ihr Gesicht abwandte und nicht hinsah. Schade, dass sie so fror. Er hätte gern gesehen, wie ihr die Hitze in die Wangen stieg und sie errötete.

Mit seiner Hilfe zog sie seine Hose über ihre und dann seine Socken an, aber sie behielt die Laufschuhe an, die sie trug.

»Wenn ich mich verwandelt habe, möchte ich, dass du auf meinen Rücken steigst und dich festhältst.« Er küsste ihre kalten Lippen, als es so aussah, als würde sie widersprechen wollen.

Nackt blieb Dmitri nicht lange in seiner menschlichen Gestalt. Er verwandelte sich, sein innerer Tiger sprang vor und die Veränderung vollzog sich schnell. Das Fell spross, die Knochen brachen und verformten sich.

Einige behaupteten, es würde wehtun. Weicheier. Dmitri genoss die Kraft seines inneren Tieres.

Sein Sibirischer Tiger mit seinem dicken Fell, der flauschigen weißen Mähne um den Kopf und den beeindruckenden Streifen kam brüllend zum Vorschein.

Kalt, es ist gar nicht kalt. Als Großkatze spottete er über die Temperatur, und das aus gutem Grund, denn er war für die russischen Winter gemacht.

Er war auch eine verdammt große Katze, groß genug, um das Pony für seine frierende Frau zu spielen. Sie brauchte nicht allzu viel Ansporn, um auf ihn zu steigen. Sie legte sich auf seinen Rücken, ihre Arme um seinen Hals, ihre

Oberschenkel an seinen Seiten. Sie hielt sich fest und er legte los.

Und sie fiel herunter.

Hoppla.

Sie kicherte, als sie sich im Schnee aufsetzte.

»Anscheinend ist es nicht so leicht, einen Tiger zu reiten, wie ein Pferd.« Diesmal klapperten ihre Zähne nicht so sehr, als sie es sagte, da die zusätzliche Kleidung gegen die Kälte half.

Er lachte grollend.

Sie stieg wieder auf und hielt sich diesmal stärker fest, während er langsamer lossprang. Es funktionierte. Es gelang ihr, auf ihm sitzen zu bleiben. Sie vergrub ihr Gesicht in seinem Fell, das seinen Kopf umrahmte.

Obwohl ihre Stimme gedämpft war, konnte er sie immer noch verstehen. »Du hast eine kleine Mähne, ich dachte, die hätten nur Löwen.«

Die Mähnen von Löwen waren normalerweise nicht so weich und kuschelig wie seine.

»Gibt es da nicht einen Limerick über ein Mädchen, das mit einem Tiger in den Wald reitet, und der Tiger dann zurückkommt, aber sie nicht mehr lacht?«

Ja. Da war noch etwas. Aber er würde ihr diesen nicht jugendfreien Limerick später erklären. *Vielleicht sollte ich es ihr besser zeigen.*

Der Wald bot keine sofortige Wärme, als er ihn erreichte. Es half jedoch, einen Teil des kalten Windes zu verringern, der versuchte, ihre gesamte Körperwärme davonzutragen.

Der Schnee hatte es darauf abgesehen, seine Pfoten festzuhalten, wodurch jeder Schritt ungewöhnlich anstrengend wurde. Wäre er allein gewesen, hätte er Sprünge machen können, um dem hohen Schnee auszuweichen, aber mit Teena auf dem Rücken konnte er nur dahin trotten.

Er musste einen geschützten Ort finden, an dem er ihnen

ein Feuer entzünden, sie verteidigen und hoffentlich jemanden finden konnte, der sie zurück zur Zivilisation bringen würde.

Wir könnten auch ein saftiges Kaninchen gebrauchen, sagte sein Tiger, der praktisch veranlagt war und immer Hunger hatte.

Der Wald lichtete sich und ein felsiger Hügel ragte vor ihnen aus dem Boden auf. Der Schnee konnte seiner rauen Steinoberfläche nichts anhaben, aber noch besser war, dass Dmitri ungefähr auf halber Höhe einen Felsvorsprung und eine dunkle Spalte ausmachen konnte. Eine Höhle, wenn er Glück hatte.

Aber er konnte nicht klettern, während sie auf seinem Rücken saß. Als könnte sie sein Dilemma spüren, rutschte sie von seinem Rücken und stellte sich hin. »Klettern wir beide hoch oder willst du dich zuerst dort umsehen?«

Dmitri begann wirklich zu glauben, dass er diese Frau liebte. Und dabei war er noch nicht mal mit ihr im Bett gewesen!

Sie besaß einen ausgeglichenen Charakter und einen Verstand, der ihm gefiel. Sie brauchte keine tausend Erklärungen – wie seine verdammte Schwester, deren Lieblingswort *warum* war, oder seine Mutter, die weinte und jammerte und die Tatsache beklagte, dass sie nie Schauspielerin geworden war, und sie drohte nicht, ihn zu töten wie seine Großmutter, die nie auf ein Problem traf, das man nicht mit Gewalt lösen konnte.

Dmitri hielt seine Nase schnuppernd in die Luft, um sicherzustellen, dass nichts Gefährliches lauerte, und ging dann den felsigen Hügel hinauf.

Das Gelände unter seinen Füßen – oder waren es Pfoten? – war ziemlich instabil. Er spürte, wie er an einigen Stellen abrutschte, konnte sich aber gerade noch rechtzeitig abfangen.

Er wollte sich vor seiner neuen Frau nicht lächerlich machen.

Auf dem Felsvorsprung angekommen, den er vom Boden aus gesehen hatte, lauschte er. Nichts. Er schnüffelte und bemerkte keine frischen Duftmarken. Bei dem dunklen Spalt, den er entdeckt hatte, handelte es sich tatsächlich um eine Höhle. Auf leisen Pfoten schlich er sich hinein, besonders vorsichtig für den Fall, dass die Höhle bereits einen Besitzer hatte.

Bären hielten zu dieser Jahreszeit normalerweise Winterschlaf, aber das bedeutete nicht, dass sie bei dem richtigen Anreiz nicht aufwachen würden.

Die Höhle war größer, als er es sich erhofft hatte. Sie erstreckte sich über mehrere Meter und war hoch genug, um sogar stehen zu können. Während er auf der Rückseite einige Trümmer, einen Mischmasch aus Blättern, Zweigen und Kleintierknochen bemerkte, gab es keine frischen Spuren, was bedeutete, dass sie sich sicher ausruhen und aufwärmen konnten.

Er drehte sich um und wenn er nicht in seiner Tigergestalt gewesen wäre, hätte er vielleicht geschrien.

Wie die Dinge nun standen, ließ sein Tiger ein überraschtes »Miau!« hören.

»Überraschung, ich bin dir gefolgt«, rief seine Frau, die ihm erfolgreich aufgelauert hatte.

16

Kapitel Sechzehn

Wenn ein Tiger überrascht aussehen konnte, dann tat Dmitri es jetzt. Sie konnte nicht umhin zu lachen. »Ich nehme an, dass du mich nicht riechen konntest, weil ich deine Kleidung trage. Das war wirklich witzig.«

Der Blick seiner blauen Augen wirkte nicht sonderlich amüsiert.

Und ein wenig später war sie es auch nicht mehr.

Sie fand sich einem ausgesprochen nackten Dmitri gegenüber. Wie unglaublich und großartig. Er hatte muskulöse Arme und einen beeindruckend breiten Oberkörper. Er hatte schmale Hüften und ein interessantes V führte hinab zu –

Oh mein Gott! Sie wandte schnell den Blick ab und stellte plötzlich fest, dass er mit ihr sprach.

»Hast du auch nur ein Wort von dem gehört, was ich gerade gesagt habe?«

Sollte sie lügen? »Nein.« Und dann, vielleicht aufgrund der Kälte oder der Tatsache, dass sie beinahe ein paarmal gestorben wäre, platzte sie mit dem wahren Grund heraus. »Dein Körper hat mich abgelenkt.«

Er straffte die Brust und sie bemerkte, wie behaart er war. Fast hätte sie ihn angefasst.

»Während es verständlich ist, dass du abgelenkt warst, und – nur damit du es in Zukunft weißt – es mir sehr gefällt, muss ich dich darauf hinweisen, dass es gefährlich und leichtsinnig ist, sich an ein Raubtier meines Kalibers heranzuschleichen. Tu das nie wieder. Ich hätte dich aus Versehen verletzen können.«

Sie lachte verächtlich. »Ich bin vielleicht nicht so abgehärtet wie meine Schwester, aber ich kann dir versichern, dass ich auch keine Mimose bin.«

»Doch, bist du.«

»Nein, bin ich nicht.«

»Doch. Bist. Du.« Er sah sie wütend an.

Schnell machte sie den Mund zu. Warum stritt sie sich überhaupt deswegen? Sie strahlte. »Ja, bin ich.«

Erstaunlich, dass er plötzlich so überrascht aussah, weil sie ihm zugestimmt hatte. »Mein kleines Kätzchen, du überraschst mich ständig aufs Neue.«

»Das ist gut, hoffe ich.«

»Fantastisch.« Er machte einen Schritt auf sie zu, und wie er es aushielt, nackt in einer eiskalten Höhle zu stehen und trotzdem Hitze von seinem Körper zu verströmen, war ihr schleierhaft. Fast wie im Traum ging sie auf ihn zu, sein Körper übte einen unwiderstehlichen Reiz auf sie aus, seine Augen waren voller verwegenem Interesse und hielten ein Versprechen, das ihr Blut zum Kochen brachte, sodass das Summen in ihrer Tasche eine unwillkommene Ablenkung darstellte.

»Warum summt die Hose, die du mir gegeben hast?«, fragte sie und sah an ihrem Oberschenkel hinab.

»Verdammt. Ich habe ganz vergessen, dass ich mein Telefon dort reingesteckt habe.«

Er tastete sie ab, allerdings ganz ohne erotische Hinterge-

Der Tiger und seine Braut

danken, sondern auf der Suche nach seinem Handy, das er mit einem triumphierenden Ausruf aus ihrer Tasche zog, als es gerade aufhörte zu summen.

»Das Signal ist schwach und meine Batterie ist fast leer«, stellte er fest, hielt das Handy hoch und sah es an. »Ich bin überrascht, dass wir in dieser Höhle überhaupt Empfang haben.«

Teena hätte gewettet, dass es in der Höhle normalerweise keinen Empfang gab, aber da das Schicksal sich gegen sie verschworen hatte und unbedingt wollte, dass sie als Jungfrau starb, überraschte es sie nicht, dass es die Regeln ein wenig gebogen hatte, um dafür zu sorgen, dass der Anruf sie unterbrach.

Sie schockierte allerdings, dass Dmitri, nackt wie er war, an den Eingang der Höhle ging und auf dem Felsvorsprung mitten im kalten Wind stand.

»Was machst du denn da?«

»Ich rufe zu Hause an. Ich habe zwar nur ein schwaches Signal, aber hoffentlich reicht es, um – Sasha! Meine Lieblingsschwester. Ja, ja, ich weiß, du bist meine einzige Schwester, das bedeutet aber längst nicht, dass du nicht meine Lieblingsschwester bist.« Er ging auf dem schmalen Felsvorsprung hin und her, während er sprach, und bewegte seine Hände, während sein Gesicht äußerst lebhaft war.

»Warum ich Englisch spreche? Erstens, weil wir es beide fließend können, und zweitens, weil ich nicht allein bin und es unhöflich wäre, Russisch zu sprechen.« Er schüttelte den Kopf. »Nein, ich bin nicht dem Feind in die Hände geraten und werde gefoltert und ich bin auch nicht betrunken.« Er zog die Augenbrauen hoch. »Das ist nicht nett. Ich habe mich nur ein Mal in dem Feld mit dem Katzengras gewälzt. Ich habe meine Lektion gelernt.«

Obwohl Teena nur eine Seite des Gesprächs hörte, machten Dmitris Antworten es ihr ziemlich leicht zu verstehen, worum es ging. »Ja, ich weiß, dass mein Flugzeug plötzlich vom Radar verschwunden ist. Schließlich war ich drin, als es abgestürzt ist.« Er zuckte zusammen. »Es ist ja wohl offensichtlich, dass ich am Leben bin, und überraschenderweise bin ich auch unverletzt. Ich glaube, meine neue Frau bringt mir Glück.«

Wow, mit dieser Idee lag er aber ziemlich falsch.

Ein Kreischen sorgte dafür, dass er das Telefon von seinem Ohr sinken ließ. Als der Schrei leiser wurde, setzte er das Gespräch fort.

»Oh, habe ich vergessen, dir von meiner Hochzeit zu erzählen? Es war eine ganz wunderbare, intime Angelegenheit. Nein, es waren keine Waffen im Spiel.« Er grinste und zwinkerte Teena zu. »Nur Betäubungsmittel. Aber du wirst dich freuen zu hören, dass sie jetzt bei Bewusstsein ist, und sie hat noch nicht die Scheidung verlangt oder es darauf angelegt, sich selbst zur Witwe zu machen. Ich glaube, sie mag mich.«

Teena konnte nicht umhin zu kichern. Es stimmte. Sie mochte ihn. Er war verrückt. Impulsiv. Total sexy. *Ganz meins.*

»Und bevor du gleich wieder damit anfängst, mich zu beschimpfen wie ein Fischweib – ja, ich weiß, was ein Fischweib ist. Nur weil ich nicht auf dem Markt einkaufe, bedeutet das noch längst nicht, dass ich mich nicht auskenne.« Er wurde einen Moment lang still und verdrehte die Augen, als ein Wortschwall in einer Sprache, die sie nicht verstand, aus dem Telefon kam.

»Sasha, du musst mir einen Moment lang zuhören. Ich weiß nicht, wie lange mein Akku noch hält. Du musst nach mir suchen.« Er hörte einen Moment lang zu. »Was meinst du mit, wo ich bin? Ich bin genau hier.« Er grinste, weil daraufhin erneut ein Wortschwall aus dem Telefon kam. Als er verebbte, sprach Dmitri erneut. »Wenn ich wüsste, wo ich bin, hätte ich mich ja nicht verlaufen. Ja, ich weiß, ich bin ein Besserwisser. Aber was soll ich sagen? Anscheinend bin ich in der Familie derjenige, der sowohl das gute Aussehen als auch die Intelligenz geerbt hat.«

Kreisch! Ganz offensichtlich wollte seine Schwester das nicht schweigend hinnehmen.

Dmitri grinste, zufrieden mit sich selbst. »Sasha, jetzt haben wir wirklich genug gequatscht. Ich muss auflegen. Ich glaube, da ist ein Bär. Oder ist das ein Löwe? Brüll. Nein, ich mache keine Scherze. Meine Frau ist eine Löwin. Und wenn du mein Handysignal verfolgst und kommst, um uns zu holen, kannst du sie kennenlernen, bevor unsere Mutter ihre Krallen in sie schlägt. Tschüss, kleine Schwester.«

Er legte auf, während sie noch mitten im Satz war, und legte das Telefon dann auf einen kleinen Felsvorsprung am Eingang der Höhle, wahrscheinlich um ihren Rettern das bestmögliche Signal zu geben.

Sie beschloss, ihm nicht den offensichtlichen Fehler an der Tatsache kundzutun, dass er das Telefon dort ließ. Wenn man ihre gemeinsame Geschichte betrachtete, konnten sie praktisch davon ausgehen, dass ein Vogel damit davonflog, der Wind es herunter fegte oder ein plötzliches Erdbeben dafür sorgte, dass es an den Felsen unter ihnen zerschlug.

Allerdings gab es keinen Grund, seinen Optimismus jetzt schon zu zerstören. Wenn sie erst in Sicherheit waren, hatte er genügend Zeit zu bereuen, dass er sie geheiratet hatte, wenn er herausfand, wie viel Unglück sie wirklich mit sich brachte.

Man musste ein ganz besonderer Mann sein, um mit all den Dingen, die bei ihr ständig schiefgingen, umgehen zu können.

»Nun, da Hilfe unterwegs ist«, er drehte sich zu ihr um und schlug die Hände zusammen, »wie wäre es, wenn ich ein Feuer entzünde und meine Braut aufwärme?«

Ihr fielen viele Arten ein, wie er sie aufwärmen könnte. Nicht bei allen davon war ein Feuer im Spiel.

»Na, dann werde ich mich mal auf die Suche nach etwas hartem Holz für das Feuer machen.«

Erneut nahm sie sich ihre Schwester zum Vorbild, deren Fantasie um einiges schmutziger war als ihre eigene, und ließ den Blick unter seine Gürtellinie schweifen. Sie konnte Meena fast sagen hören: »Also, etwas Hartes habe ich schon gefunden.« Und in der Tat schienen bestimmte Teile von ihm ausgesprochen zufrieden damit zu sein, dass sie von ihr betrachtet wurden. Denn unter ihrem großäugigen Blick begann seine Erektion zu wachsen, und zwar nicht gerade wenig.

Sie war doch sicher zu groß für … Sie sah an sich selbst hinab und wurde rot, als er wissend lachte.

»Mach dir keine Sorgen, kleines Kätzchen. Wenn der Zeitpunkt gekommen ist, werden wir zusammenpassen. Und zwar perfekt.«

Sie musste schlucken.

Er bemerkte es, und konnte es sein, dass sein Lächeln daraufhin sogar noch teuflischer wurde? »Bleib hier, wo es nicht so windig ist, während ich etwas besorge, um das Feuer zu entzünden.«

»Aber du bist nackt.«

»Dann sollte ich mich wohl besser beeilen.«

Und das tat er. Er schoss mit größerer Behändigkeit den steinigen Hügel hinunter, als sie ein normaler Mensch besaß. Anstatt nach kleinen Ästen zu suchen, brach er sie einfach ab, und ihr Knacken tönte laut durch den stillen Wald.

Als er zurückkam, nachdem er sie fast zu Tode erschreckt hatte, weil er unvorhergesehen mit einem Arm voller Feuerholz und barfuß in die Höhle gesprungen war, sagte sie: »Und welche Körperteile sind dir jetzt schon abgefroren?«

Er zwinkerte ihr zu und sagte: »Im Moment habe ich nur

einen Körperteil, der blau angelaufen ist, und das liegt nicht an der Kälte.«

Was für ein Talent hatte er doch, alles auf Sex zu beziehen. Oder war sie diejenige, die alles als Anspielung verstand?

Als er die Zweige am Eingang der Höhle aufstapelte, fragte sie sich, ob ein Feuer die beste Idee war. »Sollten wir uns nicht darüber Gedanken machen, dass die Typen, die unser Flugzeug abgeschossen haben, dem Rauch folgen und uns finden könnten?«

»Uns Gedanken machen? Auf keinen Fall.«

»Glaubst du, sie gehen davon aus, wir sind während des Absturzes gestorben?«

»Das hoffe ich nicht.«

»Wie bitte?«

Dmitri hielt kurz mit dem Stapeln des Holzes inne. Er sah sie an und sein Haar fiel ihm ins Gesicht, sodass er auf verwegene Art elegant wirkte, mal ganz abgesehen von der Tatsache, dass er nackt in der klirrenden Kälte hockte. »Ich gehe davon aus, dass sie uns folgen werden. Und das will ich auch so. Wie soll ich sonst herausfinden, wer die Nerven hatte, mich anzugreifen? Wie sonst soll ich mich an demjenigen rächen?«

»Aber was, wenn sie uns zahlenmäßig überlegen sind oder Waffen haben?«

»Ich liebe eben die Herausforderung. Und jetzt suche mal bitte in meiner Tasche dort drüben, wenn es dir nichts ausmacht. Dort sollte ein Schlüsselanhänger drin sein.«

Sie fand das kalte Metall und zog es aus der Tasche. Dmitri nahm es ihr ab und ging damit zum hinteren Teil der Höhle. Er kam mit einem Arm voll trockener Blätter und brüchiger Knochen zurück. Er ließ das Ganze auf das aufgeschichtete Feuerholz fallen, bevor er sich wieder hinkniete.

An seinem Schlüsselanhänger hing ein kleiner Zylinder, doch es war kein Zylinder, sondern ein Feuerzeug.

Dmitri drehte den Sicherheitsverschluss von dem Feuerzeug ab und zündete es an.

»Du trägst ein Feuerzeug mit dir herum? Wofür?« Die meisten Gestaltwandler hatten einen Heidenrespekt vor Feuer. Während die meisten in zivilisierten Häusern wohnten, so waren sie in der Vergangenheit häufig vor den alles verschlingenden Flammen geflohen. Sie hatten also alle eine tief sitzende Furcht vor Feuer, und die meisten hielten sich davon fern.

Dmitri jedoch nicht. Er hielt die Flamme an die trockenen Äste, deren Oberfläche weiß vor schmelzendem Schnee war. »Aha, jetzt muss ich dir wohl mein schmutziges Geheimnis verraten. Als ich jünger war, habe ich geraucht. Meine Mutter ist schier verrückt geworden.«

Sie verzog die Nase. »Bäh, Zigaretten stinken.«

»Nur für diejenigen, die nicht rauchen.«

»Rauchst du immer noch?«

»Nein, nicht mehr.«

»Du bist also zur Besinnung gekommen, was deine Gesundheit angeht.«

Er lachte verächtlich. »Nein, ich vermisse das Rauchen jeden Tag. Aber ich habe mit meiner Mutter eine verdammte Wette laufen, und sie würde es nicht zulassen, wenn wir jetzt den Wetteinsatz verändern.«

»Was habt ihr denn gespielt?«

»Hier kommt der Tiger, natürlich. Ich lag zwei Tage lang unter dem Tisch, an dem wir es spielten, und versuchte, mich zu erholen.«

»Ich kann nicht glauben, dass deine Mutter dich bei einem Trinkspiel besiegt hat.«

»Und wie. Die Frau ist praktisch mit Wodka in der

Muttermilch aufgewachsen.« Er sagte es mit liebevollem Stolz.

»Trinken und Rauchen sind jedoch zwei völlig verschiedene Dinge. Das erklärt also immer noch nicht, warum du ein Feuerzeug hast.«

»Weil ich gern Dinge zum Glühen bringe.« Er zwinkerte ihr zu. »Aber davon wirst du selbst Zeuge werden, wenn wir es nur erst ins Bett geschafft haben.«

»Warum müssen wir in einem Bett sein?«

»Weil ich nicht vorhabe, dich wie ein ungeduldiger Junge auf dem Boden einer schmutzigen Höhle deiner Jungfräulichkeit zu berauben.«

So wie diese Höhle roch, konnte sie ihn sogar verstehen, aber trotzdem, konnte er nicht improvisieren? »Was stimmt denn nicht mit der Wand?«

Sie hätte gewettet, dass es nicht oft vorkam, dass Dmitri sprachlos war. Wie süß er aussah, wenn ihm ungläubig der Mund offen stand.

»Auch die Wand ist nicht der richtige Ort, um dir die Unschuld zu nehmen«, erklärte er schließlich stotternd.

»Weißt du, dass meine Schwester bei all ihren Tiraden über dich nie erwähnt hat, dass du prüde bist?«

»Ich bin nicht prüde. Ich will nur, dass dein erstes Mal unvergesslich wird.«

»Und du glaubst, Sex an der Wand einer Höhle zu haben, nachdem man gerade mit dem Flugzeug abgestürzt ist, weil man abgeschossen wurde, ist nicht unvergesslich genug?« Sie zog eine Augenbraue hoch.

»Nein«, knurrte er.

Er streckte seine Hände nach der flackernden Flamme aus, die darum kämpfte, das kalte und feuchte Holz zu verbrennen.

Der Rauch kräuselte sich, aber da er das Feuer am Eingang der Höhle entfacht hatte, wurde es nach draußen statt nach innen gesaugt. Was allerdings nach drinnen drang, war eine schwache Wärme.

Sie ließ die Decken von ihren Schultern fallen, legte sie auf den schmutzigen, krustigen Boden, setzte sich, entfernte den scharfen Stein direkt unter ihrer linken Pobacke und setzte sich dann wieder.

Dmitri setzte sich nicht neben sie. Stattdessen legte er sich auf den Rücken, den Kopf auf ihrem Schoß, und grinste.

»Hallo, kleines Kätzchen.«

Sie runzelte die Stirn. »Hallo?«

»Ist dir eigentlich klar, dass heute unsere Hochzeitsnacht ist?«

»Nein, ist es nicht. Unsere Hochzeitsnacht habe ich im Flieger verschlafen, weißt du noch? Nadel. In meinen Hintern. Eingepennt.«

»Das zählt nicht. Als Hochzeitsnacht zählt die Nacht, die man gemeinsam und *bei Bewusstsein* zum ersten Mal als Ehepaar verbringt.«

»Und das hast du jetzt einfach so entschieden?«

»Nicht einfach so. Ich habe es mir genau überlegt.« Wie süß er mit dem überlegenen Lächeln aussah.

»Wenn das also unsere Hochzeitsnacht sein soll, bedeutet das, dass du deinen Plan, dass wir unbedingt ein Bett brauchen, aufgegeben hast?«

»Nur in gewisser Hinsicht. Es gibt da bestimmte Dinge, die wir tun können, bevor wir zur eigentlichen Sache kommen.«

»Tatsächlich? Was denn?« Nur weil Teena Jungfrau war, bedeutete das längst nicht, dass sie sich nicht ein paar ziemlich schöne Szenarios ausmalen konnte. Küssen, Petting, Haut an Haut nackt sein ...

»Wir sollten uns besser kennenlernen.«

»Wie bitte?«

»Erzähl mir von dir. Was ist deine Lieblingsfarbe?«

»Rot.«

»Wirklich? Meine ist Gelb, was wohl ziemlich merkwürdig ist, aber ich finde sie recht beruhigend.«

Wen interessierte schon seine Lieblingsfarbe, wenn sie einfach nur wissen wollte, wie seine Lippen schmeckten.

Ich dachte, dass wir die Antwort auf diese Frage bereits kennen.

Dann wollte sie ihr Gedächtnis auffrischen.

»Ist es wirklich das, was du willst?«, fragte sie ihn.

»Ja. Und jetzt bist du dran. Willst du mich etwas fragen?«

»Wie wäre es mit: Wie lange glaubst du, brauchen wir, um es ins Bett zu schaffen?«

Seine Nasenlöcher weiteten sich. »Kätzchen, während ich deine Ungeduld zu schätzen weiß, lass mich dir versichern, dass das Warten für mich genauso hart ist wie für dich, vielleicht sogar *härter*.«

Sie spürte, wie ihr Blick unwiderstehlich von dem Körperteil angezogen wurde, über das er sprach. Und trotz seiner Versicherung, dass alles passen würde, schien er verdammt groß zu sein. Vielleicht gab es einen besseren Grund dafür, dass er den Akt hinauszögerte. Was, wenn er mit seiner Einschätzung falschlag und sie hinterher medizinische Hilfe brauchte?

Um sich abzulenken, fragte sie: »Boxershorts oder Slips?«

»Du hast wirklich eine solch verdorbene Fantasie. Wie wunderbar. Aber die Antwort lautet keins von beiden. Jetzt bin ich dran, magst du Chips oder Schokolade? Ich bin eher so der süße Typ.«

»Chips, und diese ganze Sache ist bescheuert.«

»Nein, ist sie nicht. Sieh nur, wie viel wir über einander erfahren. Magst du –«

Da sie ihren idiotischen Ehemann anscheinend nicht dazu bringen konnte, sie zu verführen, war es an der Zeit, die

Dinge selbst in die Hand zu nehmen. Oder in diesem Fall, Lippen.

Ihn auf sich zu ziehen, um ihren Mund auf seinen zu pressen, war vielleicht nicht die bequemste Art, sich zu küssen, doch die Elektrizität, die bei der Berührung ihrer Lippen zwischen ihnen aufblitzte, entschädigte sie für die Ungemütlichkeit.

»Weißt du was«, sagte er zwischen den Küssen, »vielleicht könnten wir ein bisschen kuscheln.«

Kuscheln hörte sich – »Ahhh«, rief sie überrascht, als er sich von ihrem Schoß rollen ließ, sich hinsetzte und sie auf sich zog, bevor sie auch nur ein heiseres »Dmitri« hervorstoßen konnte.

»Sag das noch mal.«

Sie drehte sich zu ihm um, konnte seinem Blick aber nicht standhalten, dafür sprach einfach viel zu viel Verlangen daraus. »Dmitri.« Sie flüsterte es, doch er stöhnte trotzdem.

»Woran liegt es eigentlich, dass ich dich in meine Arme ziehen und dich am liebsten auffressen würde, jedes Mal wenn du sprichst?«

»Ich wünschte, du würdest es endlich mal tun.«

»Und das ist genau das, was mich überrascht, mein Kätzchen. Du bist unberührt. Und ich bin fast ein völlig Fremder. In den Augen deiner Familie sogar der Feind. Und trotzdem würdest du dich mir hingeben.«

»Du bist mein Ehemann.«

»Ein Ehemann, der dich dazu gezwungen hat, ihn zu heiraten. Die meisten Frauen, besonders die russischen Frauen, wie zum Beispiel meine Schwester, hätten mich bereits mit einem Messer ausgeweidet, um Witwe zu werden. Du hingegen …« Er strich ihr über die Wange. »Du, meine wunderbare, kleine Katze, flehst mich an, dich zu nehmen. Damit bringst du mich wirklich an den Rand dessen, was ich ertragen kann. Du erfüllst mich mit einem brennenden Verlangen. Ich kann es einfach nicht verstehen.«

»Manch einer würde behaupten, es sei Schicksal.«

»Schicksal ist es, dass wir einander überhaupt gefunden haben. Die Verbindung, die ich zwischen uns spüre, ist ... Sie ist —«

»Beängstigend?«

»Auf gar keinen Fall. Eher Ehrfurcht gebietend. Etwas Besonderes. Du gehörst *mir*.« Das letzte Wort knurrte er an ihre Lippen gelehnt, bevor er sie in einem leidenschaftlichen Kuss eroberte. Er legte seine Hand in ihren Nacken und hielt sie fest an sich gedrückt, während er seine Finger in ihrem unordentlichen Haar vergrub.

Das Feuer in ihrem Rücken erwärmte sie, aber nicht so sehr wie er. Die Hitze seines Körpers brannte durch die Schichten ihrer Kleidung hindurch und erweckte eine feurige Leidenschaft, die zwischen ihnen brodelte.

Seine Lippen verließen ihre und er küsste eine glühend heiße Spur über ihre Wange, zu ihrem Ohr und ihren Hals hinab. »Oh, Dmitri.« Sie hauchte seinen Namen, als sie den Kopf in den Nacken legte und die Augen schloss.

Flüssiges Feuer strömte durch ihre Adern, als er sie berührte. Wie kein anderer gelang es ihm, all ihre Sinne mit nur einer einfachen Berührung zu entfachen. Er entfachte ihr Verlangen.

Ich will ihn.

Sie wollte mehr als nur Küsse.

Sie drehte sich um, um nach seinem Gesicht zu greifen und ihren Mund auf seinen zu legen, um ihn stürmisch zu küssen. Ihre Zungen tanzten miteinander. Ihr Atem wurde eins. Ihre Herzen rasten, als das Blut durch ihre Adern rauschte.

Sie beschwerte sich über die Stellung, in der sie sich befanden, und drückte gegen seine Schultern. Er legte sich ihr zuliebe auf den Rücken und zog sie mit sich, sodass sie auf ihm lag. Viel besser. Sie konnte ihn nun ganz spüren. Harte Muskeln unter sich ließen sich von ihr erkunden, und das tat sie auch ausgiebig und fuhr mit den Händen über seine Haut, die nun ganz und gar nicht mehr kalt war.

Sie brauchte keine sexuelle Erfahrung, um zu wissen, dass er ihre Berührung genoss. Sie brauchte auch keine Hilfe, wenn es darum ging, ihn zu erregen. Sie tat einfach, was sie selbst erregte, erforschte seinen Körper, ohne auf seine Proteste zu achten.

»Kätzchen, wir sollten das wirklich nicht tun.«

»Es ist mir egal, ob wir ein Bett haben oder nicht«, knurrte sie.

»Mir ist es nicht egal, aber das ist nicht der Punkt. Aah. Aah.« Einen Moment lang wusste er nicht mehr, worauf er hinauswollte, wahrscheinlich weil sie seine Brustwarze gefunden hatte.

Sie biss hinein. Es gefiel ihm.

Also tat sie es noch mal.

»Ich hätte dich kleine Teufelin nennen sollen. Mich so in Versuchung zu führen.«

»Ist das etwas Schlechtes?«

Er rollte sie herum, seine Bewegungen vorsichtig und sanft, doch das Endresultat war, dass er oben lag.

Sie zappelte unter seinem Gewicht. Er stöhnte. »Womit habe ich nur dieses Glück verdient?«

»Pst.« Sie zog ihn an sich, um ihn zu küssen. »Verschrei es nicht.«

Worte waren verloren und vergessen, als sie sich umarmten, aber mit ihm auf ihr nahm die Erfahrung für sie eine ganz neue Ebene an.

Sein Körper schmiegte sich zwischen ihre geöffneten Oberschenkel und trotz ihrer doppelten Schichten an Klei-

Der Tiger und seine Braut

dung konnte sie ihn spüren. Hart. Dick. Und er drückte gegen ihre Muschi.

Ihr stockte der Atem. Er rieb sich erneut an ihr und sie machte ein Geräusch, ein Geräusch, das er mit seinen Lippen erstickte. Seine Hand verschwand suchend unter dem Stoff ihrer Bluse und er griff nach oben, um ihre Brustwarze zu greifen und hinein zu zwicken.

Sie keuchte und stöhnte dann vor Erregung, als er die aufgerichtete kleine Knospe rollte und dafür sorgte, dass sie sich noch mehr zusammenzog.

Sie hatte sich nie vorgestellt, wie es sich anfühlen würde, wenn jemand anderes sie streichelte. Sie hatte naiv gedacht, dass ihre eigenen erforschenden Liebkosungen ihres Körpers schon das Ende vom Lied wären. Dass Vorspiel nur eine nette Sache wäre.

Wie falsch sie lag. Wie herrlich falsch.

Als seine Haut ihre berührte, fühlte es sich an, als würde er sich in ihren Körper brennen. Als er mit seinen Fingern in ihre Knospe zwickte, durchfuhr schmerzhaftes Verlangen ihren Körper bis hin zu ihrem Geschlecht.

Und dann schob er ihre Bluse hoch genug, um seinen Mund um ihre Brustwarze zu schließen ...

»Dmitri!« Sie hätte seinen Namen am liebsten geschrien, ein solcher Stromstoß durchfuhr ihren Körper.

Ihre Haut vibrierte von seinem leisen Lachen. »Du bist so süß.«

Er hätte eigentlich sagen sollen, wie sehr sie seine Berührung genoss.

Sie bog den Rücken durch und ihr Körper wusste instinktiv, was zu tun war, nämlich mehr von dem zu bekommen, was sich gut anfühlte.

Er rieb und saugte an ihrer Brust. Mit der Zunge beschrieb er dekadente Kreise um ihre empfindlichste Stelle.

Sie schrie auf, als er ihre Brustwarze mit einem feuchten,

ploppenden Geräusch losließ, nur um dann erneut aufzustöhnen, als er seine Aufmerksamkeit der anderen schenkte.

Doch er wollte noch so viel mehr lecken. Mit dem Mund kitzelte und brannte er sich den Weg ihren Bauch hinab, wobei er ihre Kurven bis zum Bund ihrer Hose verfolgte. Sie konnte ihn nicht abschrecken.

Mit den Fingern zog er an dem Stoff und schlüpfte unter das Gummiband.

Sie sog scharf die Luft ein.

Als er seine Finger sanft durch ihr Schamhaar gleiten ließ, keuchte sie. Ihre Hüften zuckten und sie hob den Po an. Sie war ganz angespannt vor Verlangen.

Verlangen nach ihm.

Sie schrie seinen Namen zum zweiten Mal, als er ihre feuchte Muschi fand und mit seinen rauen Fingern die Form ihrer Schamlippen nachzog. Sie stöhnte und biss sich mit den Zähnen auf die Unterlippe, als er ihre Schamlippen sanft spreizte. Dann ließ er seinen Finger immer wieder über ihre feuchte Spalte gleiten.

Sie schloss die Oberschenkel um seine Hand, hielt ihn fest und hob die Hüften, um den Druck zu verstärken.

»Immer mit der Ruhe, Kätzchen. Du machst es mir ziemlich schwer, sanft zu bleiben.«

»Vielleicht mag ich es nicht unbedingt sanft«, knurrte sie.

»Dann mache ich ja alles richtig«, murmelte er an ihren Bauch gedrückt, bevor er sie küsste.

Er zog seine Hand aus ihrer Hose und sie hätte fast laut protestiert – *Warum bestrafst du mich?* –, bis ihr klar wurde, dass er seine Hand brauchte, um ihr die Hose über die Hüften und ihre Beine hinabzuziehen.

Die Luft in der Höhle war plötzlich wärmer geworden, ob das am Feuer lag oder an dem, was sie taten, konnte sie nicht sagen, doch obwohl sie halb entblößt war, zitterte sie nicht vor Kälte. Vor angespannter Erregung allerdings schon.

Der Tiger und seine Braut

Und wer hätte das auch nicht, während er mit seinen blauen Augen und solcher Begierde im Blick ihren jetzt nackten Unterkörper anstarrte?

Und es schien, als hätte er vor, sein Verlangen nach ihr zu stillen. Sie sog scharf die Luft ein, doch es gelang ihr, nicht mehr herauszubringen als ein quiekendes »Dmitri!«

Als ob ihr schwacher Protest einen Mann auf einer Mission aufhalten könnte. Er legte sein Gesicht zwischen ihre Beine, sodass er sie mit seiner warmen Zunge lecken konnte.

Sie war warm, ein wenig rau und, oh Gott, fühlte sich so verdammt gut an.

Immer wieder leckte er sie und stimulierte sie mit seiner feuchten Zungenspitze, als er ihre Klitoris fand, um damit zu spielen. Als ihre Schreie schriller wurden und ihre Hüften sich immer schneller bewegten, ließ er seine Zunge zum Eingang ihrer Muschi gleiten, wo er damit immer wieder in sie eindrang, bis sie seinen Namen schluchzte.

Dann widmete er sich wieder ihrer kleinen, geschwollenen Liebesknospe und neckte sie. Reizte sie, brachte sie bis an den Rand und ...

Aaaah. Schreiend kam sie, als ein Orgasmus ihren ganzen Körper zum Zittern brachte und sie mit einer Welle der puren Befriedigung überschwemmte.

Es dauerte einen Moment, bevor sie sich von diesem fantastischen Höhepunkt wieder erholte, doch als sie es tat, stellte sie fest, dass sie in seinen Armen lag und er ihr sanfte Küsse auf die Schläfe gab, während er leise auf Russisch etwas murmelte.

»Das war ...« Ihr fehlten einfach die Worte, also seufzte sie.

Er lachte. »Ich weiß doch.«

»Das ist arrogant.«

»Es ist nicht arrogant, die Wahrheit zu sagen. Es hat dir doch gefallen.«

Sie würde nicht lügen. »Ja, das hat es. Und wie du siehst, brauchten wir kein Bett.« Sie rieb sich an ihm und ihre sensibilisierten Geschlechtsteile waren sich noch ziemlich bewusst, dass er noch immer hart und aufrecht gegen sie drückte.

»Es kommt überhaupt nicht infrage, dass ich dich hier auf dem schmutzigen Höhlenboden entjungfere.«

Er war wirklich ein besonders sturköpfiger Mann, doch da sie noch immer in den Nachwehen ihres Orgasmus steckte, würde sie es durchgehen lassen. Das bedeutete aber noch längst nicht, dass er keine Gegenleistung erhalten sollte. Vielleicht würde das auch als Anreiz dienen, seine dumme Idee aufzugeben.

Sie drückte erneut gegen seine Schultern und er gab nach, legte sich auf den Rücken und zog sie mit sich, sodass sie über ihm lag.

Doch so sehr es ihr auch gefiel, auf ihm zu liegen, sie hatte etwas anderes vor.

Sie setzte sich auf ihre Knie, legte die Handflächen links und rechts neben seinen Oberkörper und begann damit, seine Haut sanft zu küssen.

Und ihre Küsse wanderten in eine ganz bestimmte Richtung.

»Kätzchen, was machst du da?«

War das nicht offensichtlich? Sie hatte genügend Bücher gelesen, um eine ziemlich genaue Vorstellung davon zu haben, was sie zu tun hatte, wenn sie an seinem pochenden Schwanz angekommen war. Sie konnte es kaum erwarten, es auszuprobieren … und ihn zu schmecken.

Es gab nichts, was ein Mädchen so schnell davon abhielt, jemandem einen zu blasen, wie das Klicken einer Waffe, die entsichert wird.

Und es gab auch kein schnelleres Mittel, um einen Tiger wütend zu machen.

Kapitel Siebzehn

ER WIRD STERBEN. LANGSAM. SCHMERZVOLL. VIELLEICHT einen Tag für jede Sekunde der Verärgerung und Tortur, die ich jetzt erleide.

Kaum hatte Teena mit ihrer unschuldigen Erkundung seines Körpers begonnen, da warf Dmitri alle guten Vorsätze über Bord. Teena war dazu bereit, von ihm erobert zu werden, und er war mehr als bereit, um sie zu der Seinen zu machen.

Der honiggleiche Geschmack ihres Geschlechts lag auf seinen Lippen. Der Schauer, der sie durchlaufen hatte, als sie gekommen war, brannte noch auf seiner Zunge. Und jetzt war sie versessen darauf, sich zu revanchieren.

Und dieser Vollidiot tauchte einfach auf und unterbrach sie. Das war völlig inakzeptabel.

Ungeachtet der Tatsache, dass er noch völlig nackt war – und sein erhabener Penis noch vollständig erigiert vor ihm her wippte –, stand er vom harten Boden auf. Mit wütendem Blick starrte er den Eindringling an, der noch immer die Waffe auf ihn gerichtet hatte und sie anzüglich anstarrte.

Wagt er es tatsächlich, meine Frau voller Begierde anzublicken?

Und es war jetzt nicht mehr nur sein innerer Tiger, der dem Mann am liebsten die Augen aus dem Kopf gerissen hätte. Plötzlich fand er sich im Griff einer Eifersucht wieder, die er nie zuvor empfunden hatte, nicht mal, als seine Mutter seiner Schwester diesen wunderbaren Mercedes SI500 zu ihrem einundzwanzigsten Geburtstag geschenkt hatte.

Er machte einen Seitwärtsschritt, um seine Frau mit seinem Körper vor den Blicken des Eindringlings zu schützen. Er konnte hören, wie Teena hinter seinem Rücken ihre Kleidung richtete. Er konnte die Hitze ihrer Verlegenheit quasi spüren.

Mach dir keine Sorgen, kleines Kätzchen. Ich werde deine Ehre beschützen.

»Was habe ich denn da für zwei süße kleine Kätzchen gefangen.«

Mit einer Sache lag der Mensch richtig. Sie waren Katzen. Aber gefangen?

Davon kann keine Rede sein.

Es war eine Sache, sich an Dmitri heranzuschleichen, während er vollkommen abgelenkt war. Aber dann damit weiterzumachen?

Wohl nicht.

»Wusstest du eigentlich, dass die Mitglieder meiner Familie vor einigen Jahrhunderten ihre Siege damit feierten, indem sie das Fleisch ihrer Feinde verzehrten?« Dmitri machte einen Schritt vorwärts.

»Ihr verdammten Tiere.«

Als hätte er die Beleidigung nicht gehört, lächelte Dmitri. »Es wird behauptet, dass man sich die Ehre und Stärke seiner Feinde zu eigen macht, indem man deren Fleisch verspeist.«

»Ihr blutrünstigen Mistkerle.«

»Ja, das waren wir. Sind wir. Weißt du eigentlich, woran

sich meine Großmutter noch am besten erinnert aus jener Zeit, bevor der Hohe Rat es verboten hat? Daran, wie gut menschliches Blut schmeckt.« Dmitri sprang knurrend auf ihn zu, eher Tier als Mann.

Es war schon komisch, dass eine Waffe oft nicht die beste Verteidigung war. Der Idiot am Eingang der Höhle hätte schießen können. Hätte sie wie einen Baseballschläger schwingen können. Er hätte auch einfach der Wucht von Dmitris Körper ausweichen können.

Angst war jedoch eine merkwürdige Sache, besonders bei Menschen. Sie sorgte dafür, dass die Leute nicht immer besonders effektiv reagierten. Denn Furcht kannte nur einen einzigen Instinkt – das Überleben.

Der Typ mit der Waffe in der Hand machte auf dem Absatz kehrt und kreischte höchst unmännlich. Dmitris Mund verzog sich zu einem grausamen Grinsen.

»Abendessen!«, trällerte er geradezu, als er dem Mann folgte.

Es war so eine Sache, über Felsen zu klettern, die von Schnee und Eis bedeckt waren, noch dazu im Dunkeln, während eine steife Brise um einen herum pfiff. Für jemanden, der nicht gut zu Fuß war, wie zum Beispiel ein zu Tode verängstigter Mensch, konnte es sich als ausgesprochen gefährlich erweisen.

Rutsch. »Aaaah.« *Krach.* »Ohhhh.« *Bumm.* Stille.

Dmitri beugte sich mit zur Seite geneigtem Kopf über den Felsvorsprung und betrachtete den zerschlagenen Körper unten auf den Felsen. »Verdammt, ich wollte ihn eigentlich befragen.«

Teena presste sich an seinen Rücken und spähte ihm über die Schulter. Erneut bewies seine Frau, wie wertvoll sie war. »Du solltest dir seine Klamotten holen, bevor sie nass werden.«

Eine ziemlich praktisch veranlagte Frau. Am liebsten

hätte er sie an die Wand der Höhle gepresst und sie auf der Stelle genommen.

Aber ... der richtige Augenblick war zerstört. Ihr Feind hatte sie gefunden und obwohl sie einen erledigt hatten, würden wahrscheinlich weitere folgen.

Gemeinsam gingen sie den Berg hinab, während er der Dame seine Hand anbot, die sie lächelnd nahm.

Und als sie den Halt verlor, auf ihm landete und sie beide in den kalten Schnee fielen? Der kalte Schnee war zwar an bestimmten Teilen seines Körpers, die besser unerwähnt bleiben sollten, äußerst unangenehm, doch ihr warmes Lachen und der weiche Kuss ihrer Lippen entschädigten ihn dafür.

So angenehm es auch sein mochte, sie konnten keine Zeit damit verschwenden, die Schneewehe zum Schmelzen zu bringen. Er war schon ein Mal unvorbereitet erwischt worden. Das durfte er nicht noch einmal zulassen.

Sie benötigten mehrere Anläufe und mussten mehrmals lachen, bevor es ihnen gelang, auf die Füße und aus den Schneeverwehungen herauszukommen. Er diskutierte nicht lange darüber, sich die Kleidung zu nehmen. Selbst als jemand, der geübt hatte, bei kaltem Wetter zu überleben – das war nur eines der vielen Camps gewesen, zu denen seine Mutter ihn geschickt hatte, um ihn auf ein Leben als Anführer vorzubereiten –, war ihm klar, dass er Kleidung benötigte.

Letztendlich teilten sie sich die Ausrüstung, da die Stiefel zu klein für seine Füße waren, die Jacke gerade groß genug, um seinem breiten Oberkörper zu passen, aber immerhin passte das Hemd gut über all die Sachen, die sie schon anhatte, und dank der Mütze hatte sie einen warmen Kopf.

»Bereit?«, fragte er.

»Wofür?«, wollte sie wissen. Sie sah ihn mit geröteten Wangen und klarem Blick an. Auf ihren Lippen schien ständig ein Lächeln zu liegen. Vielleicht ein Resultat dessen, was sie zuvor getan hatten?

Fraglos war das dafür verantwortlich.

Er legte sich den Gurt des Gewehrs über die Schulter und griff dann nach ihrer Hand, die in einem Handschuh steckte. »Wir müssen gehen.«

»Und was ist aus deinem Plan geworden, zu bleiben und darauf zu warten, dass deine Schwester kommt, während wir uns den Feind vom Leib halten?«

»Gestaltwandler haben einen Ehrenkodex. Zumindest hier in Russland. Hätte eine Gruppe mich verfolgt, so hätten die Kämpfe trotzdem Mann gegen Mann stattgefunden. Das wäre leicht gewesen.«

»Aber was, wenn sie zu viert oder fünft sind? Mit so vielen zu kämpfen, selbst nacheinander, würde ich nicht gerade als leicht bezeichnen.«

Er zog eine Augenbraue hoch. »Wenn du das denkst, dann solltest du mal zu einer meiner Trainingseinheiten mitkommen. Schon als ich klein war, hat meine Mutter dafür gesorgt, dass ich mich mit den Besten im Kampf messe. Den besten Kämpfern.«

»Und ich habe gehört, dass es Leo im Klub trotzdem gelungen ist, dich zu besiegen.«

Sie lächelte, sodass ihre Beleidigung nicht sonderlich wehtat. Doch er fühlte sich gekränkt. Schließlich wollte er nicht, dass sie ihn für schwach hielt. »Du tust mir unrecht, kleines Kätzchen. Ist noch nie jemand auf die Idee gekommen, dass ich ihn gewinnen ließ? Schließlich wusste ich damals schon, dass ich deine Schwester nicht wollte, wenn ich es jedoch laut ausgesprochen hätte, hätte ich mein Gesicht verloren. Und ein Mann muss ja schließlich auf seinen Ruf achten.«

»Also hast du einen Kampf provoziert?«

»Ich ließ den Omega des Rudels, das mir Gastfreundschaft gewährte, einen großen, ziemlich beeindruckenden Mann, nur knapp gewinnen, bevor deine Schwester uns unterbrach.«

»Okay, du Schlaumeier, wenn du es aber mit so vielen Gestaltwandlern aufnehmen kannst, warum hast du Angst vor einer Gruppe Menschen?«

»Deswegen.« Er zeigte auf die Waffe. »Damit spielt Ehre keine Rolle mehr. Es geht nur darum, dich zu verletzen.«

»Oder dich.«

»Bah. Schließlich machen Narben einen Mann erst zu einem Mann.«

»Du bist komplett verrückt«, sagte sie sanft und lachte ein wenig dabei.

»Ich bin Russe.«

War er es oder hatte sie gerade leise »Du gehörst mir« geflüstert?

Einen Moment lang wäre er am liebsten geblieben. Er hätte sie am liebsten langsam aus ihren Kleidern geschält und sich an ihrer Schönheit erfreut. Aber es gab ein paar Dinge, die wichtiger waren als körperliche Freuden, zum Beispiel das Überleben.

Nun, da sie wärmer angezogen waren, verließen sie ihren vorübergehenden Unterschlupf. Er ging voran und benutzte Augen und Ohren, um die tiefen Schatten um sie herum zu erkunden, die nur schwach vom Licht des schmalen Mondes am Himmel beleuchtet wurden.

Der Wind war vielleicht kühl, doch die Luft hatte sich in den Stunden seit ihrem Absturz erwärmt.

Das war gut und auch schlecht. So mussten sie nicht gegen die klirrende Kälte ankämpfen, die sich in die Knochen schlich und die Glieder betäubte. Wärmere Temperaturen bedeuteten jedoch auch, dass es möglich war, dass der Schnee schmolz. Und während Schnee sich leicht abklopfen ließ, würde Schneeregen sie durchweichen.

Am Fuß des Hügels angekommen schloss Dmitri einen Moment lang die Augen und wandte sein Gesicht dem Himmel zu. Er atmete tief durch und sortierte die verschiedenen Gerüche. Der Winter war am schlimmsten, wenn es um Gerüche ging. Die kalte Luft hielt Gerüche nicht so leicht. Die vielen Kleidungsstücke, die die Menschen und selbst die Gestaltwandler trugen, verdeckten ihren Eigengeruch. Dadurch wurde es schwerer, sie zu verfolgen.

Ein Vorteil allerdings waren die Spuren im Schnee. Die Spuren, die er und Teena hinterließen, waren wie ein Leuchtfeuer für all diejenigen, die sie verfolgten, und dann gab es dann noch die des toten Mannes.

Er folgte ihnen und Teena zischte: »Was machst du denn da? Sollten wir uns nicht weiter von den bösen Jungs entfernen?«

»Dieser böse Junge ist jedenfalls nicht den ganzen Weg hierhergelaufen. Er muss irgendeine Art Fortbewegungsmittel gehabt haben. Und das will ich haben.«

»Du glaubst, er ist hergefahren?«

»Oder ...« Dmitri lächelte, als sie einen Hundeschlitten fanden, der die einzige gute Möglichkeit darstellte, sich hier draußen geräuschlos fortzubewegen. Schneemobile besaßen laute, brummende Motoren, sodass die Leute schon gewarnt waren, wenn man noch kilometerweit entfernt war, besonders hier, in der offenen Weite.

Mit einem guten Hundeschlitten waren sie im Gegensatz zu Schneemobilen still und tödlich.

Neben ihm erstarrte Teena. »Sind das Hunde?«

»Ein Gespann reinrassiger Huskys. Und perfekt trainiert. Siehst du, sie sitzen da, ohne angebunden zu sein, und warten auf einen Befehl.«

»Ich sollte dich besser vorwarnen. In meiner Gegenwart benehmen sich Hunde merkwürdig.«

Sie versteckte sich hinter ihm und er wunderte sich über

ihre Nervosität. War sie vielleicht als Kind von einem Hund gebissen worden? Immerhin war sie eine Katze. Vielleicht handelte es sich also um eine angeborene Angst bei Löwinnen? Es war jedoch äußerst merkwürdig, dass er keine Angst an ihr riechen konnte, obwohl sie sich hinter ihm versteckte. Es roch eher nach ... einer Entschuldigung?

Eine Entschuldigung wofür?

Es begann erst mit einem Heulen, dann zwei. Und dann heulte plötzlich das ganze Rudel Sibirischer Huskys. Einige saßen. Andere standen und wedelten mit dem Schwanz, wieder andere sahen sie mit ihrem unwiderstehlichen Hundeblick an.

»Was zum Teufel machen die da?«

»Sie lieben mich.« Teena lächelte, als sie zu ihnen hinüberging, und es schien, als wären sie am liebsten vor schwanzwedelnder Glückseligkeit gestorben, wenn es möglich gewesen wäre. In dem Moment, in dem sie in ihre Nähe kam, jaulten diese wohl trainierten Hunde mit den riesigen Zähnen ekstatisch, während sie ihr Bestes tat, um jeden von ihnen zu streicheln und zu kraulen.

»Ihr seid meine guten Hunde. Brav seid ihr. Was hast du doch für einen weichen Bauch. Soll ich dich kraulen?«

War es dumm von ihm, auf ein paar blöde Hunde eifersüchtig zu sein?

Als er einen Schritt auf sie zu machte, hob das gesamte Gespann gemeinsam den Kopf und sah ihn an, ihr Blick alles andere als freundlich. Ein paar von ihnen zogen die Lefzen hoch. Und ja, einige von ihnen knurrten sogar.

»Bedroht ihr mich etwa tatsächlich?« Er blinzelte. Er war ein verdammter Tiger. Hunde bedrohten ihn nicht.

Er beugte sich vor, ließ seine wilde Seite an die Oberfläche kommen und knurrte zurück.

Daraufhin waren sie still, drückten sich enger an seine Frau und behielten ihn wachsam im Auge.

»Mein kleines Kätzchen ist eine Hundeflüsterin. All deine Talente rauben einem den Verstand. Welche Überraschungen hast du sonst noch für mich parat?«

»Das wirst du abwarten müssen. Ist das also unser Ticket, um von hier zu verschwinden?«

Er verbeugte sich und machte eine Geste in Richtung des Schlittens. »Ihr Wagen wartet.«

Als sie auf den Schlitten kletterten, bemerkte Dmitri an dessen vorderen Ende eine festgeschnallte Tasche. Er kniete sich hin, öffnete sie und fand weitere Kleidung, ein paar Proteinriegel und eine Thermoskanne.

Als sie den heißen Kaffee schlürften, der mit irgendetwas verfeinert war, das in ihrem Bauch brannte, starrte Teena den Gepäckwagen an, der fest verschnürt war.

»Ist das meine Einbildung«, fragte sie, »oder sieht das so aus, als wäre er gemacht, um eine Leiche zu transportieren?«

»Du hast recht, Weib.«

»Derjenige, der uns diesen Kerl auf den Hals gehetzt hat, wollte also, dass er etwas zurückbringt.«

»Du meinst wohl *jemanden*. Die Frage ist nur, ob er uns lebend oder tot zurückbringen sollte.«

»Weil wir entführt wurden, würde ich auf lebend tippen, aber –«

»Nicht notwendigerweise, wenn wir uns nicht so leicht erledigen ließen. Da spielt jemand ein ziemlich gefährliches Spiel.«

»Was wirst du jetzt tun?«

Dmitri konnte nicht umhin zu lächeln. »Ich werde natürlich die Regeln ändern. Ich verliere nicht gern.«

18

Kapitel Achtzehn

Hätte ihr jemand noch vor ein paar Tagen gesagt, sie würde in der abgelegten Kleidung eines toten Mannes durch irgendeinen russischen Wald flitzen, von einem Rudel Hunde gezogen werden und die Taille ihres Mannes umschlungen halten, hätte Teena gelacht und gesagt: »Niemals.« Diese Art von wildem Abenteuer war eher Meenas Ding.

Nur dass Meena diesmal nichts mit diesem Erlebnis zu tun hatte.

Teena war es, die dieses verrückte Abenteuer durchlebte und genoss.

Obwohl sie auch weiterhin von Missgeschicken verfolgt wurde, blieb Dmitri trotzdem an ihrer Seite. Er nahm das Unglück hin, ohne mit der Wimper zu zucken, und konfrontierte es manchmal sogar mit einem Lachen.

Er schien immer ein Grinsen auf dem Gesicht zu haben, ein schiefes Lächeln, das sie am liebsten immer und immer wieder geküsst hätte. Spontan umarmte sie ihn etwas fester.

»Nur Geduld, kleines Kätzchen«, murmelte er über seine Schulter, doch seine Worte hatten nicht lange Bestand, denn der Wind, der über ihre Gesichter pfiff, trug sie hinfort. »Schon bald werden wir einen besseren Unterschlupf finden.«

»Sonst?«

»Es gibt kein Sonst.«

»Du bist so unglaublich optimistisch.«

»Alles negativ zu sehen bringt gar nichts. Den Sieg zu planen hingegen, führt oft zum Erfolg.«

»Und was, wenn der Plan nicht aufgeht?«

»Dann macht man eben einen neuen. Versagt hat man nur, wenn man aufgibt.«

Eine interessante Philosophie. Und anscheinend eine, die die Menschen, von denen sie gejagt wurden, ebenfalls befolgten.

Sie wollten ebenso wenig aufgeben.

Das einzige Warnsignal war ein Schuss, und dann flog eine Kugel an ihren Gesichtern vorbei und traf mit durchschlagendem Erfolg auf einen Baumstamm.

Splitter flogen, als die trockene Rinde sich beim Aufschlag in alle Richtungen verteilte.

»Duck dich«, rief Dmitri.

Wenn sie sich duckte, wäre sie wenigstens ein wenig geschützt oder zumindest ein kleineres Ziel, aber was war mit Dmitri? Er stand hoch aufgerichtet auf dem Schlitten und hielt selbstsicher die Zügel.

Ein weiterer Knall ertönte, als erneut geschossen wurde. Die Kugel streifte Dmitris Hand. Teena war hinter ihm geduckt und hörte, dass er trotzdem nicht aufschrie, sondern einfach nur scharf die Luft einsog, obwohl es sicher wehtat. Er blutete. Sie konnte es riechen und trotzdem hielt er mit der verletzten Hand weiterhin die Zügel fest im Griff.

Sie hörte einen Schrei und drehte sich um, um hinter sich zu sehen. Obwohl es im Schatten des Waldes schwierig war, Details zu erkennen, bemerkte sie, dass sie von einem weiteren Hundeschlitten verfolgt wurden. Das bleiche Mondlicht brachte den Lauf einer Pistole zum Glänzen und sie rief: »Hinter uns!«

Er ließ die Zügel schnalzen, zog scharf daran und sorgte so dafür, dass ihr Hundeschlitten nach links abbog. Dabei neigte sich ihr robuster Wagen zur Seite, bevor er wieder hart nach unten prallte, als sie in eine neue Richtung rasten.

Sie fuhren über eine große Unebenheit und sie verlor den Halt. Einen Moment lang schwebte sie in der Luft. Dann schlug sie hart auf dem Boden auf und sie fühlte, wie sie schlitterte. Sie suchte nach etwas, an dem sie sich festhalten konnte, aber sie fuhren erneut über eine Unebenheit und diesmal wurde sie direkt aus dem Schlitten herausgeschleudert.

Platsch.

Okay, ihre Landung auf dem Schnee durchweichte sie nicht völlig, aber das weiße Zeug klebte an ihr und dort, wo sie lag, würde der andere Hundeschlitten sie überfahren.

Mit großen Augen starrte sie auf die sich nähernden Tiere. Dann schloss sie sie. Sie hatte keine Zeit, sich in Bewegung zu setzen und dem Schlitten zu entkommen.

Hechel, hechel. Die keuchenden Tiere näherten sich. Kamen näher. Fuhren an ihr vorbei.

Das Geräusch des Schlittens wurde leiser und sie öffnete die Augen, um festzustellen, dass sie lebte.

Sie kam auf die Knie, sank ein wenig tiefer ein und schüttelte den Kopf, um die klebrigen Flocken loszuwerden. Die Luft schien den Atem anzuhalten. Völlige Stille.

Und völlige Einsamkeit.

Das war wahrscheinlich nicht gut.

Dmitri wird zu mir zurückkommen.

Wenn er es kann.

Wäre es nicht typisch, wenn wieder einmal eine Katastrophe eingetreten wäre? Aber diesmal hatte das Schicksal sich wirklich ordentlich ins Zeug gelegt.

»Vielen Dank noch mal, Schicksal«, murmelte sie, als sie den Schlittenspuren folgte. »Mir ist schon klar, dass das Universum sich gegen mich verschworen hat, um mir mein Happy End zu vereiteln, aber das ist ja wirklich lachhaft.« Sie blieb einen Moment stehen und sah den Himmel böse an. »Wenn du mich schon umbringen musst, hätte es dann nicht wenigstens an einem Strand geschehen können, anstatt mitten hier im eiskalten Wald?«

Und als würde dem Schicksal ihre Antwort nicht gefallen, hörte sie einen Motor, und zwar den eines Schneemobils, was bedeutete, dass es sich nicht um Dmitri handelte. Das Geräusch dröhnte überall um sie herum, sodass sie nicht bestimmen konnte, aus welcher Richtung es kam.

Sie versuchte, den Weg entlangzulaufen in die Richtung, in die ihr Mann verschwunden war. Je mehr Personen desto sicherer, oder hinter einem breiten Rücken versteckt, wie ihr Vater es ihr gern mit einem Augenzwinkern erklärt hatte, als sie noch klein war.

Der befahrene Weg war zwar leichter zu bewältigen, wirkte aber auch wie ein roter Faden für denjenigen, der mit dem Schneemobil unterwegs war.

Ein helles Licht leuchtete hinter ihr auf und blendete sie nach all der Dunkelheit. Sie drehte sich um und verließ den Weg, aber der Schnee war tiefer und weicher als erwartet. Sie sank bis zu den Hüften ein.

Sie konnte sich nicht bewegen. Es ließ ihre innere Katze praktisch wimmern. Schlimm genug, dass es kalt war, aber jetzt steckte sie auch noch fest.

Das Schneemobil näherte sich, das Brummen des Motors war laut und das Licht heller denn je.

Als es aufhörte, nur wenige Meter von ihr entfernt,

erwies sich der Scheinwerfer als so hell, dass sie mit einem Arm ihre Augen verdecken musste.

Aber schlimmer noch war das Wissen, dass es nicht Dmitri war, der auf sie zukam und fragte: »Was haben wir denn da?«

Kapitel Neunzehn

Als Teena vom Schlitten geflogen war, war Dmitris erster Impuls gewesen, anzuhalten und umzudrehen, nur dass er nicht umdrehen konnte, da es zwischen den Bäumen unmöglich war, eine scharfe Wendung hinzulegen.

Und das mal ganz abgesehen von der Tatsache, dass ihre Verfolger an seiner Frau vorbeigefahren waren, um ihm hinterherzujagen.

Es ist besser, wenn sie mich verfolgen, anstatt sie. Er musste darauf vertrauen, dass sie selbst zurechtkam, während er sich ums Geschäft kümmerte. Und wo er gerade davon sprach ...

Er sprang genau rechtzeitig von dem fahrenden Schlitten auf einen dicken Ast über ihm.

Er schwang sich darauf und duckte sich wie ein Raubtier, das auf seine Beute wartete.

Und da kamen auch schon seine Opfer, die Hunde vorne weg, und der Schlitten, der ein wenig größer war als seiner, wurde von zwei Männern gelenkt.

Wie sportlich.

Schweigend ließ Dmitri sich auf sie fallen.

Zwei Menschen gegen eine Katze. Da standen die Chancen schlecht für sie.

Ihre schrillen Schreie der Überraschung waren leider nur kurz. Er tötete sie zu schnell.

Wie werden sie jetzt dem Rest ihrer Freunde sagen, dass ich hier bin und sie jage?

Er warf ihre Leichen aus dem langsamer werdenden Schlitten. Die Hunde ohne Führung verfielen in einen Trab und blieben schließlich stehen.

Er entledigte die Männer schnell ihrer warmen Ausrüstung und der Waffen und pfiff die Hunde zurück, während er an der Leine zerrte. Sie wandten sich auf sein Kommando und folgten den universellen Signalen, die sie gelernt hatten, anstatt nur einer einzigen Person.

Bevor er sie in Bewegung bringen und wieder auf Teena zusteuern konnte, hielt ihn eine Stimme von hinten zurück.

»Hallo, kleines Kätzchen. Willst du schon gehen?«

Gehen, wenn jemand ihn praktisch bat, ihn in den Hintern zu treten? Auf keinen Fall.

Dmitri ließ die Zügel sinken, wirbelte herum und sah sich jemandem in weißgrauer Camouflageuniform gegenüber, der hinter einem Baum hervortrat, die Waffe auf ihn gerichtet.

»Hierher, Menschlein, komm zum Kätzchen«, lockte Dmitri ihn.

Die meisten Gegner hätten sich durch diese Respektlosigkeit provoziert gefühlt. Dieser Kerl jedoch nicht. Aber er kämpfte auch nicht mit Ehre oder gemäß den Regeln. Stattdessen schoss er aus der Entfernung auf ihn. Dmitri beachtete den kleinen Stich gar nicht. Es brauchte mehr, um ihn zu Fall zu bringen.

»Feigling. Komm näher, sodass wir wie zwei Männer miteinander kämpfen können.«

Doch der Mensch blieb außerhalb seiner Reichweite. Er

lachte. Und noch dazu äußerst verächtlich, verdammt noch mal.

Dieser Angriff auf seine Ehre hätte Dmitri fast zum Stolpern gebracht. Seine Mutter hätte sicher vor Entsetzen über die Entehrung geweint. Aber nur, wenn er es nicht schaffte, diesen Menschen zu töten, der ihn beleidigte.

Aber natürlich funktionierten Mordpläne besser, wenn man dabei wach blieb. Mehrere Pfeile trafen ihn gleichzeitig und obwohl es sich nicht um Kugeln handelte, waren sie mit einem Schlafmittel getränkt, und zwar so großzügig, dass es selbst einen großen Kerl wie ihn zu Fall brachte.

Jetzt verstehe ich vielleicht, warum mein kleines Kätzchen ein wenig verärgert war. Der komplette Kontrollverlust war eine schlimme Sache und nichts konnte die allumfassende Dunkelheit aufhalten.

Kapitel Zwanzig

Es war eine Frau, die fragte: »Was haben wir denn da?«, auch wenn sie aufgrund der dicken Skimaske, Fellmütze auf dem Kopf und dem dicken Fellmantel mit kuscheligem Kragen nicht gleich als solche zu erkennen war.

»Wirst du mich töten?«, fragte Teena, weil sie sich dachte, sie könnte die Frage auch gleich aus dem Weg räumen.

»Das kommt darauf an. Gehörst du auch zu denjenigen, die meinen Bruder umbringen wollen?«

»Wer ist dein Bruder?«

Sie schob sich die Skimaske auf den Kopf und plötzlich hatte die Frau mit den blauen Augen eine ziemlich starke Ähnlichkeit mit einem bestimmten Ehemann, der verschwunden war.

»Du bist Dmitris Schwester.«

»Ja, ich bin Sasha. Und du musst seine neue Frau sein«, stellte sie fest und betrachtete Teena stirnrunzelnd. »Bin ich das oder ähnelst du der letzten Verlobten meines Bruders ziemlich stark?«

»Das liegt wahrscheinlich daran, dass ich Meenas Zwillingsschwester bin.«

»Zwillingsschwester?« Sasha kicherte. »Das sieht meinem Bruder wieder mal ähnlich, dass er nicht aufgibt. Und ist es wahr, dass ihr verheiratet seid?«

»Ja.«

»Er hat uns erzählt, dass er eine neue Frau hat, aber nicht erwähnt wen. Jetzt weiß ich auch warum.«

»Es ging alles ziemlich schnell«, erklärte Teena.

»Genau das habe ich auch gehört«, erwiderte Sasha und grinste. »Es überrascht mich, dich alleine anzutreffen. Wo steckt mein Bruder? Er würde niemals zulassen, dass du alleine hier herumläufst.«

Diese Bemerkung tat ihr vielleicht ein wenig weh, doch Teena konnte heraushören, wie besorgt sie war. »Ich bin vom Hundeschlitten gefallen.«

»Und Dmitri hat nicht umgedreht, um dich zu holen?« Sie zog die dunklen Augenbrauen hoch.

»Er war eben ziemlich beschäftigt damit, sich die Männer vom Hals zu halten, die hinter ihm her waren und auf ihn schossen.«

Sasha blieb einen Moment lang still, um die Information zu verarbeiten, bevor sie antwortete: »Wie ich sehe, verfolgt der Fluch deiner Schwester dich ebenfalls.«

»Ja.«

»Großartig. Dmitri kann ein wenig Aufregung in seinem Leben gebrauchen. Doch nun genug geredet. Wir müssen los und meinen Bruder retten. Bleib hier und warte. Jemand aus meinem Team wird umdrehen und dich holen.« Sasha warf ihr eine kleine schwarze Schachtel zu, die sie aus der Tasche gezogen hatte. »Behalte das bei dir. Es ist ein Sender. Dadurch können wir dich leichter finden.«

»Warum kann ich nicht mitkommen?«

»Mit mir? Warum solltest du das wollen?«

»Um Dmitri zu retten natürlich.«

»Du willst, dass er gerettet wird?« Sie sah sie mit ihren

blauen Augen an, ein intensiver Blick, den sie nur allzu gut kannte.

»Ja, natürlich. Er ist mein Mann.«

Aus irgendeinem Grund schien diese Antwort Sasha große Freude zu bereiten, denn sie strahlte sie an. »Na, dann komm, meine neue Schwester. Folgen wir seinen Spuren und sehen, wo sie uns hinführen.«

Wo sie hinführten, fanden sie Kampfspuren, doch keinen Dmitri.

Sasha grummelte, während sie die Spuren untersuchte. »Das waren Menschen. Darüber wird sich unsere Mutter wahnsinnig aufregen.«

Und tatsächlich war Dmitris Mutter von dieser Nachricht alles andere als begeistert. »Was für eine Schmach. Mein eigener Sohn, dahin gestreckt von«, sie verzog den Mund, »Menschen. Sein Vater würde sich im Grab umdrehen.«

»Du hast ihn doch einäschern lassen, Mutter«, lautete Sashas Antwort.

Sie befanden sich in einem großen Zelt, das sie vor der Kälte schützte. Wenn der frische Wind und der dicke Schnee, der noch immer fiel, die Spuren bedeckte, würden sie ihre Suche aufgeben müssen. Sie versammelten sich erneut im Basislager, das Dmitris Mutter eingerichtet hatte, eine Mutter, die nicht gerade begeistert war, als sie Teena sah.

»Du! Du hast ja vielleicht Nerven, hier aufzutauchen, nachdem du meinen armen Jungen völlig niedergeschlagen am Altar stehen gelassen hast.«

Teena seufzte. »Das war ich nicht. Das war meine Zwillingsschwester.«

»Egal. Ihr gehört zur selben Familie, was bedeutet, dass du ihn wahrscheinlich auch verlassen wirst.«

»Also, eigentlich will ich dabei helfen, ihn zu retten.«

»Du willst helfen?« Seine Mutter schnaubte verächtlich.

»Das kann ich unmöglich glauben. Wahrscheinlich würdest du es eher zulassen, dass mein armer, kleiner Dmitri ums Leben kommt, damit du Witwe wirst und ihm entkommen kannst, so wie deine fehlgeleitete Schwester.«

»Das würde ich niemals tun.« Teena musste die Entrüstung nicht mal spielen.

»Warum nicht? Schließlich hast du ihn nicht freiwillig geheiratet. Ich würde wetten, dass deine Familie aktiv nach dir sucht, und das bedeutet, dass du etwas getan haben musst, um ihren Unmut auf meinen Sohn zu richten. Vielleicht hast du sie heimlich darum gebeten, dich zu retten? Stecken sie vielleicht hinter der Entführung und der Lösegeldforderung für meinen Sohn?«

»Meine Familie würde solche Dinge niemals tun. Mein Vater ist vielleicht manchmal ein wenig gewalttätig« – die Untertreibung des Jahres –, »aber er würde mich niemals in Gefahr bringen, genauso wenig, wie er meinen Ehemann verletzen würde.« Zumindest hoffte sie das.

»Ist er dein Ehemann?«

»Mehr oder weniger. Ich meine, der Priester hat sein Ding gemacht und dann dafür gesorgt, dass wir die Papiere unterschreiben. Wir haben die Ehe noch nicht vollzogen, weil wir noch nicht dazu gekommen sind, nicht dass ich es nicht versucht hätte. Da ich noch Jungfrau bin, besteht Dmitri darauf, dass alles seine Ordnung hat. Er hat irgendetwas davon gefaselt, dass der tatsächliche Akt den Erwartungen auch entsprechen soll.« Der Brandy, den Sasha ihr aus ihrer Flasche angeboten hatte, hatte mehr getan als sie nur aufgewärmt; er hatte ihre Zunge gelöst.

»Ich kann es nicht glauben«, unterbrach Sasha sie grinsend. »Mein großer Bruder hat Lampenfieber. Das ist wirklich unbezahlbar.«

»Aber im Moment ist es irrelevant. Wir müssen seine Befreiung planen.«

Teena nahm einen weiteren Schluck aus der Flasche, um sich Mut anzutrinken. »Wie können wir seine Befreiung planen, wenn wir nicht mal wissen, wo er ist? Hat jemand Lösegeld verlangt oder habt ihr sonst einen Anhaltspunkt, wo er sein könnte?«

»Es wird kein Lösegeld geben.« Seine Mutter wedelte abfällig mit der Hand.

»Was soll das heißen, kein Lösegeld? Habt ihr nicht genügend Geld, um zu bezahlen?«

»Erstens gab es keine Lösegeldforderungen und zweitens ...« Sasha sah ihre Mutter an und sie beide brachen in Gelächter aus. »Bezahlen? Wir würden unseren Feinden keinen einzigen Rubel überlassen.«

»Wollt ihr ihn lieber sterben lassen?« Teena fragte sich, ob sie genauso schockiert aussah, wie sie klang.

»Bah. Dmitri wird nicht sterben. Wir haben einen Plan.«

Diesen beiden Frauen musste man jede Information einzeln aus der Nase ziehen. Es war langsam und nervtötend. »Und wie lautet der Plan?«

»Wir retten ihn natürlich.«

Es war alles so nüchtern daher gesagt und trotzdem sah Teena ein Problem bei der Sache. »Wie könnt ihr ihn retten, wenn ihr nicht wisst, wo er ist?«

»Wir wissen jetzt noch nicht, wo er ist, aber in Kürze werden wir es wissen. Wir warten nur darauf, dass der Satellit wieder in der richtigen Lage ist. GPS-Tracking ist bei Lebewesen noch in der Testphase. Um die Mikrochips klein genug zu machen, damit sie nicht entdeckt werden, muss man in Kauf nehmen, dass sie auch schwerer nachzuverfolgen sind und direkte Satellitenkoordinaten benötigen.«

»Er ist gechippt? Wie ein Haustier?« Teena starrte Dmitris Mutter mit offenem Mund an.

»Fang am besten gar nicht erst an«, murmelte Sasha. »Sie

findet es unverantwortlich, dass niemand sein Kind chippt, aber jeder räudige Köter diese Art von Schutz erhält.«

»Und wie lange dauert es noch, bis der Satellit wieder in Position ist?« Wie lange noch, bis sie losziehen und Dmitri retten könnten? Merkwürdig, dass sie nicht daran dachte, dass er sterben könnte, und wie leicht es wäre, den Dingen einfach ihren Lauf zu lassen. Sie wollte ihn zurückhaben. Wollte diese ganze Sache mit der Heirat ausprobieren.

Irgendwie während der ganzen kurzen, aber turbulenten Phase des Kennenlernens hatte sie vergessen, dass er eigentlich erst Meena wollte. Tatsächlich war es so, dass ihr immer klarer wurde, wie wenig die beiden zusammenpassten, je mehr sie von Dmitri und ihrer Schwester erfuhr.

Irgendwie schien niemand von ihrer Verbindung überzeugt zu sein, aber war sie es oder hatten sie und Dmitri eine völlig andere Beziehung zueinander als alle dachten? Teena konnte problemlos zugeben, dass sie ihn mochte, und sie würde sogar sagen, dass er sie auch mochte. Und ihr war egal, was ihre Familie darüber denken oder sagen würde.

Er hatte ihr oft genug und auf verschiedene Arten gezeigt, dass sie ihm etwas bedeutete. Und noch erstaunlicher war, dass sie die Vermutung hatte, dass auch seine Schwester und seine Mutter sie mochten. Zumindest nachdem sie festgestellt hatten, dass sie tatsächlich nicht wollte, dass er starb.

Er durfte nicht sterben und deshalb wusste Teena auch, dass sie handeln musste, als Sasha sagte: »Wir sollten ihn orten können, wenn er innerhalb der nächsten acht Stunden nicht um die halbe Welt reist.«

»Acht Stunden?« Teena konnte nicht anders, als es zu wiederholen. »Nein, solange können wir nicht warten. Wer weiß schon, was sie ihm in dieser Zeit alles antun können.«

»Und was schlägst du dann vor? Wir haben bereits mehrere Teams, die in Kreisen um die Stelle herumfahren, an der er zuletzt geortet wurde. Bei diesem Sturm ist es unmöglich, ihn zu finden.«

Von draußen drang ein lauter Ruf gefolgt von einem scharfen Bellen ins Zelt.

Teena stolperte nach draußen und vergaß dabei ganz, ihre Jacke zu schließen oder sich eine Mütze zu nehmen. Sie wollte keine Sekunde verlieren, nicht wenn sie mit dem, was sie gehört hatte, recht hatte.

Sie trat in den wirbelnden Schneesturm und die einzelnen Flocken blieben feucht an ihrer Haut hängen, doch sie blinzelte und lächelte dann.

»Hallo Jungs. Seid ihr gekommen, um mich zu finden?« Sie machte ein paar Schritte auf den Schlitten zu und hielt dem Anführer der Hunde ihre Hand hin. Mit seinen zwei verschiedenfarbigen Augen, eines blau, das andere gelb, sah er sie stetig an.

Sie strich dem Hund über die Schnauze. »So ein braver Hund. Und auch noch so schlau. Du hast mich in diesem Sturm gefunden. Und ich bin schlau genug, um ihn nach Hause zu bringen.«

Das leise Knurren des Rudelführers der Schlittenhunde war gar nicht nötig, damit Teena bemerkte, dass Sasha sich zu ihnen gesellt hatte.

»Was ist das?«, wollte sie wissen.

Teena lächelte. »Mit ihrer Hilfe werden wir meinen Ehemann finden.«

21

Kapitel Einundzwanzig

DMITRI GÄHNTE UND STRECKTE SICH AUSGIEBIG, ALS ER aus seinem von einem Schlafmittel verursachten Schlaf erwachte. Oder zumindest tat das sein Tiger und anscheinend hatte er vor, auch den Mann zu wecken.

Habt ihr je die mentale Version einer Ohrfeige mit einer großen, haarigen Pfote erlebt? Es war ziemlich überraschend, aber äußerst effektiv.

Er schien sich zu bewegen, dabei aber nicht seine eigenen Füße zu benutzen. Zwei große Männer trugen ihn, oder eher gesagt schleppten ihn, wobei jeder von ihnen einen seiner Arme hielt. Er konnte seine Augen einfach nicht offenhalten, der Effekt des Schlafmittels war immer noch nicht ganz verflogen. In den Momenten, in denen seine Augen geöffnet waren, sah er Stein, mehr Stein, und er konnte riechen, dass etwas nicht stimmte. Er konnte Menschen riechen.

Sie machten abrupt halt. Die Typen, die ihn festgehalten hatten, warfen ihn nach vorne. Fast hätte er sich am harten Boden die Nase gebrochen, doch sein Instinkt sorgte dafür, dass er die Hände rechtzeitig ausstreckte, anstatt mit dem Gesicht auf den Boden zu knallen.

Wie unhöflich. Wussten diese beiden Typen überhaupt, mit wem sie es zu tun hatten?

Ich sollte es ihnen sagen. Sobald es ihm gelungen war, diese schreckliche Schläfrigkeit abzuschütteln. Kein Wunder, dass Teena ein wenig verärgert gewesen war, als er sie wiederholt unter Drogen gesetzt hatte. Das Gefühl, keine Kontrolle über den eigenen Körper zu haben, war wirklich schrecklich.

Ich werde meiner Frau keine Drogen mehr verabreichen. Außer, es handelte sich um Küsse.

Dmitri öffnete seine schweren Augenlider und hörte, wie eine Eisentür zugeschlagen wurde. In dem Moment ertönte ein lautes Geräusch, das sich ungefähr so anhörte, als würde jemand seine Fingernägel über eine Schiefertafel gleiten lassen. Er schauderte noch immer bei der Erinnerung daran, wie seine Schwester mit einem Lächeln auf dem Gesicht genau das getan hatte, in dem Versuch, ihn wütend zu machen. Was ihr gelungen war. Also hatte er sich gerächt. Ihr wütender Schrei hatte ihn komplett entschädigt für all die Wochen, die er damit verbracht hatte, Besteck zu polieren, bis er sich selbst darin spiegelte.

Trotz Kopfschmerzen und schweren Augen und einem Mund, der dringend ein starkes, alkoholisches Getränk benötigte – alles wunderbare Nebeneffekte des Schlafmittels –, hielt ihn nichts davon ab aufzustehen. Und das Gleichgewicht zu verlieren. Der verdammte Boden neigte sich.

Er öffnete ein Auge einen Spaltbreit, um seine Umgebung zu begutachten. Und diese war trist, aber typisch. *Jetzt seht euch das an, sie haben den wilden Gestaltwandler in den Kerker gesteckt. Diese Idioten.*

Hatten sie ihre Hausaufgaben nicht gemacht?

Kenne deinen Feind. Eine Lektion, die ihm auf jedem Knie eines jeden Erwachsenen beigebracht worden war, auf dem er jemals gesessen hatte.

Jedes kleinste Detail eines Gegners zu kennen verhinderte, dass man von ihm verarscht wurde. Jetzt zum Beispiel. Wäre der Entführer sorgfältig gewesen, hätte er gewusst, dass Dmitris Lieblingsspielplatz als Kind der Kerker gewesen war, obwohl ihn seine Mutter ein paarmal in eine Zelle werfen musste mit den Worten »Wenn du es schaffst herauszukommen, bekommst du Schokolade«, bevor ihm klar wurde, wie viel Spaß das machte.

Solch wunderbare Zeiten im Kreis der Familie.

Er begutachtete seine Umgebung. Während dieser Kerker zwar nicht ihm gehörte, so kannte er doch das archaische Design mit all seinen Stärken und Schwächen.

Hallo, Kerker, mein alter Freund. In dem Raum, in dem er sich jetzt befand, gab es keine Fenster. Was eine Schande war, denn es war unglaublich einfach, aus dieser Art von Zelle zu entkommen. Man musste nur ein paar Gitterstäbe aus dem Fenster reißen und ein paar der Mauersteine durch Schläge lösen, so das Loch vergrößern, und Momente später konnte man als *Bojar* die Wachen erwürgen, bevor sie auch nur einen Mucks machen konnten.

Durch ein Fenster zu entkommen war also keine Option. Welche Möglichkeiten hatte er sonst noch?

Zumindest hatten sie ihn nicht in eine Oubliette gesteckt, ein schickes französisches Wort für ein Loch im Boden. Diese erwiesen sich in der Regel als die schwersten, wenn es darum ging zu entkommen.

Der Boden war zwar staubig, aber glatt. Es gab kein Gitter, das einen Abfluss bedeckte, um Blut und andere Flüssigkeiten wegspülen zu können. Seiner Meinung nach ein Fehler. Der Zementboden war frei von Schutt. Keine Knochen von früheren Bewohnern – die man nicht essen durfte, wie seine Mutter ihm gesagt hatte, als sie ihm in jungen Jahren genau diese Knochen aus den Händen geschlagen hatte. »Du darfst die Reste nicht essen«, hatte sie zu ihm gesagt. »Das Fleisch und die Knochen deiner Feinde schmecken am besten frisch.«

Ah, die süßen Lektionen der Jugend. Und er konnte es kaum erwarten, diese Weisheiten an seine eigenen Jungen weiterzugeben, Welpen, die er mit Teena haben wollte, und sie würden hoffentlich ihren wunderbaren Charakter und ihre Geduld erben. Kinder mit goldenem Haar und ihrem süßen Lächeln und vielleicht auch mit ihren funkelnden Augen?

Kreisch. Immer langsam mit den jungen Pferden, Tiger.

Er musste noch unter Drogeneinfluss stehen. Poetische Gedanken über eine Frau zu haben. Es reichte, dass er sie mochte, sie so sehr mochte, dass er sich eine Zukunft mit ihr vorstellte. Hüften oder keine Hüften. Komisch, dass er sich einen Dreck um die Breite ihrer Hüften scherte. Er war von seiner Frau besessen, und ihre Gene hatten nichts damit zu tun.

In Teena hatte er jemanden gefunden, mit dem er sich unterhalten konnte. Jemand, der auf ihn gehört und ihn nicht heruntergemacht hatte, zumindest nicht auf grausame Weise. Sie konnte sich mit ihrem schnellen Witz behaupten und ihn mit einem Lächeln zum Schmelzen bringen. Sie war freundlich, viel freundlicher als er, aber gleichzeitig scheute sie nicht vor dem Leben zurück, das manchmal ziemlich grausam sein konnte.

Und was die Tatsache betraf, dass ihr häufiger winzige – oder auch mal nicht so winzige – Missgeschicke passierten, so gefiel ihm das sehr. Das Leben mit seinem Kätzchen würde nie langweilig werden.

Ein Tiger brauchte etwas Aufregung in seinem Leben.

Ein Leben, das jemand anscheinend unbedingt verkürzen wollte.

Ich werde auf keinen Fall sterben. Es ist mir egal, was diese Menschen geplant haben. Es spielt keine Rolle. Nur eins spielte eine Rolle. Von hier zu entkommen und zu seiner jungfräulichen Frau zurückzukehren. *Sodass ich mich anständig um sie kümmern kann, egal ob wir ein Bett haben oder nicht.* Er hatte schon zu lange gewartet.

Er begutachtete weiterhin seine Umgebung. Es gab kein Feldbett, das er auseinanderreißen und von dem er die Federn stehlen konnte. Auch konnte er dessen Rahmen nicht dazu benutzen, um damit die Steine zu bearbeiten oder die Tür aufzubrechen.

Die Tür hatte keine Scharniere, die er entfernen konnte. Es gab auch kein Schloss, das er knacken konnte. Auf den ersten Blick schien die Metalltür zu seinem Gefängnis nicht so, als würde sie unter seiner Faust nachgeben, und der dicke Stahlrahmen, der in den Felsen eingebettet war, hielt nur ein winziges Fenster, ein kleines Quadrat mit Stäben, die nur breit genug waren, um die Finger hindurch zu stecken.

Für eine Flucht völlig ungeeignet, aber es war immerhin ein Fenster nach außen.

Nach einem kurzen Schnüffeln, um sicherzustellen, dass niemand vor der Tür lauerte – er hatte diese Lektion gelernt, als seine Familie den Kerker seines Onkels im Norden besuchte und seine Schwester ihn gebissen hatte –, drängte er sich nahe an die Öffnung und suchte nach Hinweisen.

Auf den ersten Blick fiel ihm nichts auf, aber er bewunderte erneut die Umgebung.

Der typische Kerker.

Wie sehr er die Klassiker genoss. In diesem Fall ein alter Kerker, der über die meisten der interessanten Eigenschaften verfügte, die man von einem Kerker erwartete und die ihn gruselig machten, wie zum Beispiel Spinnweben in den Ecken – mit fetten Spinnen als Bonus darin, genau die Haare, die seine Schwester so sehr hasste, besonders wenn er sie in ihrem Bett versteckt hatte.

Und es war die Woche wert gewesen, in der er als Strafe die Ställe hatte ausmisten müssen.

Das Gefängnis verfügte noch über einen mittelalterlichen Charme mit Felswänden, kalter, feuchter Luft, dem schwachen Rasseln der Ketten. Aber es enthielt auch intelligente moderne Annehmlichkeiten wie schmiedeeiserne Leuchten, die wie Fackeln aussahen, das gelbe Glas in Form einer Flamme. Echte Fackeln waren wirklich schrecklich, rauchig und mussten ständig ausgetauscht werden. Es könnte sich auch für das Haar als gefährlich erweisen, wenn man zu nahe heranging und sich in einer stylischen Phase befand, in der man sein Haar lang und zottig trug.

Der Geruch von brennendem Haar verfolgte ihn bis heute, besonders wenn er daran dachte, wie seine Schwester Audioclips seiner männlichen Ausrufe der Überraschung auf seiner Mailbox hinterlassen hatte.

Hier gab es jedoch kein Feuer. Dieser Kerker hatte allerdings eine verdammt solide Tür, die sich nicht bewegen würde, egal wie hart er sie trat. Nicht einmal eine Beule.

Dies sorgte dafür, dass sein Tiger seinen Kopf vor Scham hängen ließ. »Hör auf damit. Schließlich sind wir kein Superheld, der über übermenschliche Kräfte verfügt. Diesmal müssen wir uns auf unseren Verstand verlassen.«

Natürlich würde sein Verstand besser funktionieren, wenn er noch ein weiteres Hilfsmittel hätte. Da sein einziges Hilfsmittel aber sein Gehirn war, tat er das Beste, was er tun konnte. Er machte ein Nickerchen.

Doch obwohl er schlief, war er sofort wach, als er draußen Geräusche hörte – auch weil sein innerer Tiger seinem schlafenden Geist einen zweiten Schlag verpasste und in Tigersprache sagte: »*Wach auf, du Idiot.*«

Da kommt jemand. Und mehr als nur eine Person, nach dem Geräusch verschiedener Schritte zu urteilen.

Endlich ist mal was los.

Dmitri bereitete sich auf eine Konfrontation vor. Er setzte sich aufrecht hin, den Rücken an die Wand gelehnt, in einer lässigen Pose, bei der er ein Bein ausgestreckt und das andere angewinkelt hatte, sodass er sich darauf stützen und gelangweilt aussehen konnte. Auch bekannt unter dem Namen *Knes*-Look. Oder wie Sasha es nannte, sein überhebliches Arsch-Gesicht.

Und nein, sie meinte das nicht freundlich. Sie hatte gelacht, als er sie das gefragt hatte. Man sollte dazu sagen, dass alle Katzentiere weithin für ihre lässigen Posen bekannt waren. Dabei durfte man allerdings nie vergessen, dass sie innerhalb eines Sekundenbruchteils reagieren konnten.

Die Schritte kamen näher und sein innerer Tiger rollte sich praktisch vor Aufregung auf dem Boden herum.

Jetzt beruhige dich. Ich muss mir erst mal einen Überblick über die Situation verschaffen.

Aber dann können wir spielen?

Und wie wir spielen werden, versicherte er ihm.

Die Schritte kamen zum Stillstand und befanden sich ganz in der Nähe. Er konnte den kahl geschorenen Schädel des Kerls sehen, der direkt vor seinem winzigen Fenster stand. Während sein Feind jedoch ganz in der Nähe war, war die Öffnung in der Tür zu klein und zu weit von ihm entfernt, als dass er irgendwelche Gerüche hätte wahrnehmen können.

Das Schaben von Metall und dann ein Klicken. Ein Schloss wurde geöffnet und es folgte das Quietschen einer Tür, die dringend mal geölt werden musste, was bedeutete, dass eine Tür geöffnet wurde.

Es war nur eben nicht seine Tür.

»Rein mit dir.«

Aha, es war die Stimme des Piloten, der mit dem Fallschirm abgesprungen war.

Wie ich sehe, bin ich am richtigen Ort, um Antworten zu erhalten.

Und nach den Antworten war es Zeit zu *spielen!* Sein innerer Tiger brüllte es geradezu.

»Bevor ich reingehe, könntest du mir sagen, ob ihr hier vielleicht einen anderen Gefangenen habt?«

»Kann schon sein. Wir fangen hier draußen eine Menge Dinge.«

»Er ist ziemlich auffällig. Ein großer Typ, ziemlich breit. Muskulös und groß. Habe ich auch erwähnt, dass er ausgesprochen gut aussieht? Er hat ein sexy Lächeln und unglaubliche blaue Augen.«

Diese Stimme. Nein. Es konnte nicht sein. Verflogen war alle Lässigkeit. Dmitri sprang auf die Füße und ging zu dem Fenster in der Tür.

Er musste gar nicht erst ihren süßen Duft aufnehmen, um zu wissen, dass Teena sich im Gang vor seiner Zelle befand.

Sie haben meine Frau. Mein kleines Kätzchen.

Sie war gefangen genommen worden und jetzt würden sie seine zarte Frau in eine Zelle werfen. Das war völlig inakzeptabel und er musste etwas tun, um es richtigzustellen. So wie es aussah, befand sie sich in Gesellschaft einer Person, der es nichts ausmachte zu reden.

»Warum? Was bedeutet er dir?«

»Er ist mein Ehemann. Wir sind frisch verheiratet.«

»Dein Ehemann?« Das verächtliche Lachen war deutlich zu hören. »Tiere heiraten nicht. Sie sind nur rollig und dann ficken sie. Und in deinem Fall werfen sie dann noch weitere Monster, um unsere Welt zu infizieren.«

»Was meinst du mit in meinem Fall? Sind wir nicht alle Menschen?«

»Nicht alle. Und versuche nicht zu verstecken, was du bist. Ich weiß es. Ich habe dich beobachtet. Ich will dafür sorgen, dass ihr euch nicht weiter verbreitet wie eine Infektion.«

»Wie eine Infektion? Wir sind doch keine Krankheit.«

»Nein. Ihr seid viel schlimmer. Ihr seid Missgeburten. Allein der Gedanke, dass du und andere deiner ekelhaften Art die ganze Zeit direkt vor unserer Nase gelebt haben.«

»Ekelhaft? Ich möchte dich aber bitten. Ich habe gerade geduscht, noch dazu mit Seife, möchte ich hinzufügen.«

Dmitri hätte bei ihrer aufgebrachten Antwort am liebsten laut losgelacht, trotzdem hätte er sie gleichzeitig gern geschüttelt. Den Menschen zu verärgern, indem sie ihm widersprach, könnte dazu führen, dass sie verletzt wurde.

Wenn er auch nur einen Finger an sie legt, wird er schreiend sterben.

Töten wir ihn doch einfach sowieso.

Sein Tiger machte wirklich die besten Vorschläge.

»Was für ein freches Mundwerk. Wenn ich mit dir fertig bin, wirst du nicht mehr so frech sein. Wusstest du eigentlich, dass es einen Markt für Frauen deiner Art gibt? Selbst für die übergroßen wie dich.«

Übergroß? Hatte der Mann tatsächlich seine Ehefrau beleidigt?

Wut baute sich in ihm auf und kochte unter der Oberfläche.

»Damit kommst du nicht davon.«

»Bin ich doch schon. Niemand weiß, dass du hier bist. Niemand weiß, wer dich gefangen hält. Und in ein paar Tagen, höchstens Wochen, wird es keine Spur mehr von dir geben. Wir werden deinen geliebten Tiger jagen und fangen und sein Fell als Trophäe behalten. Du hingegen wirst vielleicht länger durchhalten als die meisten Frauen. Schließlich gehörst du wohl zur robusteren Art. Aber die Leute, an die ich Frauen wie dich verkaufe, gehören normalerweise nicht zur feinen Sorte, wie du schon bald herausfinden wirst.«

»Dafür wird mein Ehemann dich töten.«

Sie hatte ein solches Vertrauen in ihn. Verdammt. Noch mehr Druck. Diese Frau schien es geradezu darauf anzulegen, ihn ständig herauszufordern.

Und die Liste mit all den Dingen, die er zu tun hatte, wurde immer länger.

Sie aus einer schrecklichen Lage retten – ich arbeite daran.

Ein Bett finden, um es ihr ordentlich zu besorgen – sobald wir aus dieser Zelle heraus sind.

Sie dazu bringen zu glauben, dass sie die einzig Wahre für ihn ist, die Richtige – in diesem Punkt hatte er noch einiges zu tun.

Das laute Trampeln von einem halben Dutzend Füße, die sich davonmachten, sorgte dafür, dass er ungeduldig in seiner Zelle auf und ab ging. Er wartete, bis selbst das Echo ihrer Schritte verhallt war, bevor er zur Tür sprang und durch das kleine Fenster hindurch blickte.

Schöne bernsteinfarbene Augen schauten in seine durch das Fenster in der Tür auf der anderen Seite des Ganges.

»Hallo, mein Schatz. Ich muss wirklich zugeben, dass diese Flitterwochen ziemlich unvergesslich sind. Ich glaube, dass ich noch nie in einem mittelalterlichen Kerker gefangen gehalten wurde.«

»Nur das Beste für mein kleines Kätzchen.« Sie lachte leise. Er musste einfach fragen. »Geht es dir gut? Sie haben dir doch nichts getan?«

»Es geht mir gut. Nachdem ich sie gefunden hatte, bin ich freiwillig mitgegangen, weil ich gehofft hatte, dass sie mich zu dir führen würden.«

Er runzelte die Stirn. »Das verstehe ich nicht. Du hast absichtlich nach dem Feind gesucht?«

»Ja!« Sie strahlte ihn an. »Zum ersten Mal in meinem Leben mache ich etwas völlig Verrücktes. Meine Familie wird so stolz auf mich sein, wenn sie herausfindet, dass ich mich absichtlich habe fangen lassen, um dich zu retten.«

»Du hast was?« Es konnte sein, dass er es aus Versehen laut gebrüllt hatte.

Das schien ihr jedoch nicht viel auszumachen. »Jetzt tu nicht so schockiert. Wie sonst hätte ich dich finden sollen?«

»Ich war gerade dabei, mich auf die Flucht vorzubereiten. Du hättest bleiben sollen, wo ich dich zurückgelassen habe.« Das war total unlogisch, doch er wusste nicht, was er sonst sagen sollte. Denn es erwärmte ihn gleichzeitig bis in die Zehenspitzen und regte ihn auf, dass sie ihn genug mochte, um sich selbst in Gefahr zu begeben.

»Ich konnte nicht bleiben, wo du mich zurückgelassen hast, und ich möchte noch hinzufügen, dass es sich aufgrund deines schlechten Fahrstils um eine Schneewehe handelte.«

»Mein Fahrstil ist exzellent.«

»Behauptet der Mann, der seine Beifahrerin verloren hat. Und dann gefangen genommen wurde.«

Moment mal. Verdrehte sie etwa genervt ihre Augen? »Mir wurde ein Schlafmittel verabreicht.«

»Und wie hat dir das gefallen?«, lautete ihre freche Antwort.

Er warf ihr einen Blick zu, der bei seiner Schwester nicht funktionierte, aber bei seiner Mutter Wunder wirkte. »Würden ein paar Diamantohrringe es wiedergutmachen?«

»Das kommt darauf an, ob sie zu meinem Ehering, den ich noch nicht habe, und dem Collier passen.«

Er blinzelte. Dann lächelte er. »Abgemacht.«

»Ich habe übrigens deine Schwester kennengelernt.«

Ihre Ankündigung riss ihn total aus seinen Gedanken – darüber, wie sie die glitzernden Steine und das Gold trug, und sonst gar nichts.

»Wo zum Teufel hast du Sasha kennengelernt?«

»Sie war diejenige, die mich gefunden hat, als du mich in

einer Schneewehe hast sitzen lassen. Wir haben gemeinsam nach dir gesucht, doch du warst verschwunden, und dann hat deine Mutter –«

»Meine Mutter hast du auch kennengelernt?«

»Ja. Eine ganz wunderbare Frau. Dessen bin ich mir sicher. Sie wird mich vielleicht sogar eines Tages mögen, wenn ich sie davon überzeugt habe, dass ich gut genug für dich bin.«

»Das wird niemals geschehen.« In den Augen seiner Mutter war keine Frau gut genug für ihren Sohn.

»Dann haben sie und mein Vater wenigstens etwas, worüber sie reden können, er wird dich nämlich ebenfalls niemals akzeptieren. Aber lassen wir die beiden jetzt erst mal beiseite. Du hast gefragt, warum ich gekommen bin, um dich zu retten.«

»Anscheinend wolltest du bestraft werden. Aber für die Zukunft solltest du wissen, dass du einfach nur zu fragen brauchst, wenn du möchtest, dass ich dir den Hintern versohle.«

Diesmal war es an ihr, zu blinzeln und sich mit ihrer rosa Zungenspitze über die Lippen zu fahren. »Ich muss zugeben, dass sich das ziemlich verlockend anhört. Aber du lenkst mich ab.«

»Ablenkung ist immer noch besser als zu planen, wie ich meine Mutter und Schwester töten kann, weil sie es zugelassen haben, dass du dein Leben für mich riskierst.«

»Wir hatten keine andere Wahl. Ich habe darauf bestanden, als ich herausgefunden habe, dass es noch Stunden dauern würde, bis der Satellit dich findet. Und dann hatten wir das Glück, dass die Hunde zurückgekommen sind, also habe ich mich auf den Schlitten gestellt und ihnen befohlen, nach Hause zurückzukehren –«

»Die Hunde.« Er sagte es leise, während er versuchte, die unglaubliche Serie von Zufällen zu verarbeiten.

»Ja, du weißt schon, die Hunde, die wir gefunden haben. Die, die mich auf Anhieb mochten und mit denen du davongefahren bist, nachdem du mich im Schnee sitzen gelassen hattest.«

Er sollte der Liste mit den Juwelen vielleicht auch noch ein Armband hinzufügen. »Sie haben dich gefunden?«

»Ja. Jedenfalls sind sie mit mir auf dem Schlitten losgelaufen und ich bin stolz, sagen zu können, dass ich nur ein paarmal heruntergefallen bin, bevor ich es gelernt habe. Die Hündchen –«

Nur sie würde Huskys, die es im Rudel sogar mit einem Tiger aufnehmen konnten, *Hündchen* nennen.

»– waren so nett, jedes Mal stehen zu bleiben, damit ich wieder auf den Schlitten aufsteigen konnte. Wie sich herausstellte, kannten sie den Weg zurück zu ihrem Zuhause. Also bin ich hier gelandet und habe schließlich Wachen getroffen, die mich gefangen genommen haben. Und nun«, sie lächelte breit und strahlend, »hier bin ich!«

Ja. Hier war sie, aber in was für einer Lage? »Ich verstehe allerdings nicht, was mit meiner Schwester und meiner Mutter geschehen ist, wenn du absichtlich gekommen bist, um mich zu finden. Wo stecken sie?«

»Als ich sie das letzte Mal gesehen habe, sind sie mir mit einem GPS-Gerät gefolgt, das ich in der Hose habe. Sie gehören natürlich auch zu meinem Rettungsplan. Sie sollten bald eintreffen. Bald bist du wieder frei.«

Er griff die Stäbe des Fensters und schlug seinen Kopf dagegen, wobei er murmelte: »Nein, nein, nein. Das darf nicht sein. Wenn sie mich retten, werde ich das bis in alle Ewigkeit zu hören bekommen. Es ist ein Desaster.«

»Ich bin mir sicher, dass sie dich nicht ärgern werden. Schließlich ist es nicht deine Schuld, dass du dich von Menschen hast gefangen nehmen lassen. Es waren in der Tat ziemlich viele. Und sie hatten Waffen.«

Oh mein Gott, das macht es nur noch schlimmer. »Nein. Das werde ich auf keinen Fall zulassen.« Er sprach die Worte leise. »Ich werde mich selbst retten, verdammt!«, rief er.

»Weißt du, bei meinem Vater wackeln normalerweise die Wände, wenn er wirklich wütend ist.«

Okay, also musste er noch ein bisschen wütender werden. Aber mit ihrem Vater verglichen zu werden? Und schlechter abzuschneiden? Ja, das half ihm dabei, einen weiteren Adrenalinstoß durch seine Adern zu schicken. Er fühlte im Rahmen der Tür nach einer Schwäche.

Teena plapperte weiter. »Du wirst dich freuen zu hören, dass ich immer noch Jungfrau bin. Als die Männer davon gesprochen haben, die Ware zu testen, habe ich ihnen gesagt, dass ich mich für meinen Ehemann aufspare.«

»Sie wollten dich anrühren?« Ooh, das brachte sein Blut zum Kochen.

»Sie haben darüber gesprochen, es aber nicht getan. Als der Obermacker herausfand, dass ich noch Jungfrau bin, hat er gesagt, dadurch könnte er einen höheren Preis für mich erzielen.«

Der Typ wollte seine Frau verkaufen? Als Sexsklavin?

Dmitri war jetzt voll rasender Wut. Er hatte die Augen zu Schlitzen verengt und starrte die Wand an, die ihm im Weg war.

»Und dann ... oh mein Gott. Da hat sich gerade etwas in der Ecke bewegt. Oh mein Gott. Nein. Nein. Nein!«

Teena begann zu schreien. Und schrie. Und schrie. Voller Entsetzen, was er nicht ertragen konnte.

Mit einem Brüllen rannte Dmitri mit der Schulter zuerst gegen die gemauerte Steinwand, die Wut ein Schild und sein Körper die Abrissbirne.

Krach. Bumm.

Staub hob sich, als das alte Mauerwerk beim Aufprall

zerbrach, und trotzdem schrie Teena, ein Klang, der seine Schutzinstinkte noch verstärkte.

Er suchte nicht nach einem Schlüssel oder versuchte, das Schloss zu knacken. Stattdessen rannte er auch gegen die Wand ihrer Zelle. Er konnte in dem engen Gang nicht den gleichen Schwung aufbauen. Also warf er sich ein Mal dagegen. Und ein zweites Mal.

Beim dritten Mal bewegten sich die Steine – sie waren leichter zu durchdringen als massiver Stahl – und er stolperte über die unebenen Trümmer direkt in Teenas Zelle.

»Wo ist es? Wo ist das Monster?« Ganz sicher wurde sie von etwas Schrecklichem bedroht.

Mit großen Augen, den Rücken zur Wand, starrte Teena ihn mit offenem Mund an. Sie war allein und unverletzt.

»Hast du gerade eine Steinmauer plattgemacht?«, fragte sie.

»Ja.« Er runzelte die Stirn. »Du hast geschrien. Warum hast du geschrien?«

»Da war eine Spinne.«

Nun war es an ihm, sie ungläubig anzublinzeln. »Eine Spinne? Ich verstehe nicht.«

»Da war eine dicke Spinne. Hier drin. Mit mir.«

»Du hast wegen einer Spinne geschrien?«

»Ja. Sie war ziemlich groß. Und behaart«, gestand sie ihm schaudernd. »Aber du hast sie getötet, als du durch die Wand gebrochen bist. Ein großer Stein ist auf sie gefallen. Mein Held.«

Einige Männer hätten sich jetzt vielleicht angewidert abgewandt. Andere hätten sich über ihre Angst lustig gemacht. Doch was tat Dmitri? Er strahlte sie an.

Sie hatte ihn *ihren Helden* genannt. Er würde jeden Tag eine Spinne für sie töten, wenn ihn das zum Helden machte.

»Komm schon, mein kleines Kätzchen. Entkommen wir

aus diesem Kerker«, sagte er und streckte ihr einladend die Hände hin.

»Warum warten wir nicht einfach auf Verstärkung?«

Auf Hilfe warten? »Niemals.« Mit diesem Ausruf fegte er sie in seine Arme, wirbelte zurück zu der Öffnung, die er gemacht hatte, und erkannte, dass sie zusammen nicht durchpassen würden. Er setzte sie ab und als sie sich beide durch den Spalt gedrückt hatten, hob er sie wieder in seine Arme.

Sie musste kichern. »Dmitri, was machst du denn da? Ich kann noch laufen.«

»Ich rette dich, so wie es sich gehört, auf –«

»Russische Art.« Sie lachte. »Na gut. Auf geht's.«

Ihre Flucht war alles andere als leise. Die Gänge waren wirklich eng und zwei der Glasfackeln an den Wänden fielen bei ihrer Flucht herunter und zerbarsten auf dem Boden, doch das laute Klirren schien keine Wachen zu alarmieren.

Ein Jammer. Denn in dem engen Gang wäre es leicht gewesen, einen nach dem anderen zu erledigen.

Anscheinend wussten die Menschen, dass dies gegen sie arbeiten würde, deshalb sah sich Dmitri einem Meer von Pistolenläufen gegenüber, als er die Tür oben an der Treppe öffnete, die in den Hauptteil des Burgfrieds führte.

Angesichts seines bevorstehenden Todes könnte ein Tiger vielleicht seine übereilte Entscheidung bereuen, seine eigene Flucht durchzuführen, anstatt auf seine Schwester und weitere Unterstützung zu warten.

Nee. Er würde sich nie kampflos geschlagen geben. Nur dass er nicht mehr nur an sich selbst zu denken hatte.

Teena schmiegte sich immer noch in seine Arme und vergrub ihr Gesicht an seinem Hals. Das arme Ding war wahrscheinlich verängstigt. Er musste sich anstrengen, um zu hören, wie sie flüsterte: »Wirf mich.«

»Was?« Er bellte das Wort nahezu und ein halbes

Dutzend Waffen richtete sich neu aus, als verschwitzte Finger sich auf die Abzüge legten.

»Wirf mich auf sie«, zischte sie leise. »Ich erledige die drei in der Mitte und du kümmerst dich um den Rest.«

Erst als er spürte, wie sich ihr Körper in seinem Griff zu bewegen begann, verstand er; sie wurde wild.

Hier kommt meine Löwin.

Einige Leute dachten, die männlichen Löwen wären König, aber wenn es um die Jagd ging, waren es die Weibchen, auf die man achten musste.

Er vertraute seinem Kätzchen und warf es in die Luft. Und nein, die Ironie ging nicht an ihm verloren, dass statt Menschen, die den Löwen vorgeworfen wurden, nun ein Löwe in Richtung der Menschen geworfen wurde.

Und der Tiger kümmerte sich um den Rest.

Gestaltwandelei fühlte sich in mancher Hinsicht so an, als würde es viel Zeit in Anspruch nehmen, aber in Wirklichkeit, wenn die Magie, die ihre Zellstruktur veränderte, aufgerufen wurde, war die eigentliche Zeit der Veränderung ziemlich gering. So gering, dass er, nachdem er sie geworfen hatte, bereits mit krallenbesetzten Pfoten um sich schlug.

Männer schrien. Ein paar Waffen gingen los, was zu weiteren Schreien führte. Nicht von ihm oder seiner Frau. Waffen erwiesen sich nur dann als wirksam, wenn sie gut gezielt eingesetzt wurden.

Der Geruch von Panik vermischte sich und wirbelte mit dem von frischem Blut und Akonit umher. Wie sehr er den Geruch des Kampfes liebte. Was ihm weniger gefiel waren die Fetzen seines Hemdes, die noch an ihm hingen.

Nichts ist schlimmer, als wie ein Idiot auszusehen, der sich nicht richtig verwandeln konnte. Aber zumindest war sein Missgeschick nicht so schlimm wie das von Teena, die noch ihren Tanga trug.

In wenigen Augenblicken standen nur noch die beiden

Katzen auf den Beinen. Der Boden war voller Körper. Einige stöhnten noch, die meisten jedoch nicht mehr. Die schwachen Schreie der wenigen, die geflohen waren, hallten aus der Ferne zu ihnen.

Seine goldene Löwin schlug mit dem Schwanz und blickte auf die Tür.

Er senkte den Kopf und bedeutete ihr mit einer Geste seiner Pfote: »Nach dir.«

Bei genauerem Nachdenken wollte er nicht, dass sie einer möglichen Bedrohung ausgesetzt war. Er würde zuerst gehen.

Er schlug ihren Schwanz mit der Pfote herunter und hielt ihn fest. Über ihre Schulter schoss sie ihm einen Blick mit ihren bernsteinfarbenen Augen und ein Knurren zu.

Er ließ ihren Schwanz los, schlug ihr auf ihren pelzigen Hintern und trottete dann an ihr vorbei.

Bumm.

Sie klatschte ihm auf den Hintern.

Er schlug mit dem Schwanz, um ihr Kompliment zu bestätigen. Natürlich bewunderte sie seinen fantastischen Körper, auch wenn er jetzt ein Tiger war, sein Hintern war fantastisch.

Er übernahm die Führung und ging in den Schleichmodus. Tief geduckt schlich er sich durch die breite Halle. Gerüche umgaben ihn, meist alltägliche, wie das Bohnerwachs, das auf den glänzenden Holzböden verwendet worden war, und das schwache, köstliche Aroma von gebratenem Speck. Hatten sie das Frühstück verpasst?

Aber ihm ging es nicht um das gekochte Essen. Ihm stand der Sinn nach etwas anderem, und zum Glück roch er das Parfum, nach dem er suchte.

Auf die Spur konzentriert verpasste er fast das leichte Knarren einer sich hinter ihm öffnenden Tür.

Er drehte schnell den Kopf herum und sah den Mann mit der Waffe. Im gleichen Moment bemerkte er Teena, die den

Kopf gesenkt hatte, die Schnauze auf dem Boden, und gegen seine Beine lief. Mit einem Schrei stürzte der Kerl, die Waffe ging los und die Kugel prallte ab und traf denjenigen, der sie abgefeuert hatte.

Teena stieß einen lauten Atemzug aus und machte das Löwenäquivalent eines Achselzuckens.

Und das nennt sie Pech.

Wohl eher nicht.

Dmitri ging wieder zum Schleichen über und folgte der Geruchsspur des Mannes mit dem herben Eau de Cologne.

Und er fand ihn neben einem riesigen deckenhohen Kamin, eine nutzlose Hässlichkeit. Trotz all seiner unpraktischen Natur angesichts der Menge an Holz, die benötigt wird, um ihn zu betreiben, ganz zu schweigen von der Tatsache, dass Holzrauch besonders rußig war, verstärkten diese Fehler seine Schönheit und den Einschüchterungsfaktor eines solchen Monstrums. *Seht mich an. Ich bin so reich, dass ich einen Haufen Geld verbrennen und mir trotzdem meinen menschlichen Hintern in diesem Raum abfrieren kann.*

Sein Tiger fasste es prägnanter zusammen.

Idiot. Lasst ihn uns essen.

Feind. Ja.

Frisch. Ja.

Hungrig? *Sehr.* Und der Idiot vor ihm ließ ihn warten, bevor er seinen Hunger stillen konnte.

»Keinen Schritt weiter oder es knallt.« Der Mensch mit dem scharfen Duft richtete seine Doppelaufflinte auf Dmitri.

Eine Waffe? Schlechte Chancen – für den Kerl, der sie hält. Vor allem, da der Mensch anscheinend in der Stimmung war zu plaudern. Schurken waren auf diese Weise vorhersehbar dumm. Je mehr sie das Gefühl hatten, die Kontrolle zu haben, desto seltener drückten sie den Abzug.

Dmitri wusste das natürlich. Er genoss es, sich über einen

Feind lustig zu machen, wenn er einen Feind besiegt hatte. Ihre Gesichter zu beobachten, während er sie schön langsam strangulierte, das Erbleichen und die Erkenntnis in ihren Augen, wenn er Zement auf ihre Füße goss. Tolle Momente.

Wenn er in einer ausgelassenen Stimmung war und den Soundeffekt, den er für SMS benutzte, aktualisieren wollte, dann schlich er sich manchmal an und schlug unvorhergesehen zu, natürlich stellte er vorher sicher, dass seine Schwester folgte und alles mit einem Handy aufnahm. Sasha leistete großartige Arbeit, wenn es darum ging, die Audiodatei so zu bearbeiten, dass seine Diener jedes Mal sichtbar zitterten, wenn sein Telefon klingelte.

Wie sehr ich es liebe, ich selbst zu sein.

Der Wechsel vom Tiger zum Menschen dauerte nur einen Moment, und er streckte sich und seine menschliche Gestalt zitterte in der kalten Luft des Raumes.

»Wenn das nicht das geflohene Mittagessen ist. Wie schön, dass du zu mir zurückgekommen bist«, sagte Dmitri.

»Ich bin nicht zu dir zurückgekommen. Ich habe dich gefangen genommen.«

»Wenn du das sagst.« Dmitri zuckte mit den Achseln und schenkte ihm ein beschwichtigendes Lächeln. Nun, da Sasha nicht da war, um ihm dabei ins Gesicht zu schlagen, fühlte er sich ziemlich sicher, es zu benutzen.

Der überhebliche Mensch starrte ihn böse an. »Spiel mir nicht den Schlaumeier. Nur weil du Worte benutzt und ein menschliches Gesicht trägst, ändert das nichts an der Tatsache, dass du eine Bestie bist.«

»Mein Name ist Dmitri, allerdings ist er Freunden und Familie vorbehalten. Du, du kannst mich *Knes* nennen. Oder von mir aus auch Prinz.«

»Du hast keinen Namen. Keinen Titel. Du bist nur eine Trophäe, die ich mir über den Kamin hänge.« Der Mensch machte eine allumfassende Geste mit der Hand, um auf die verschiedenen Köpfe hinzuweisen, die an den Wänden hingen. Gesichter, die in einer Momentaufnahme eingefroren waren, Glasaugen, in denen sich das Licht der Lampen spiegelte, so wohnten die ausgestopften Köpfe als stille Zeugen ihrem Gespräch bei.

»Du hast all diese Tiere getötet.« Es war eine Feststellung, keine Frage.

Der Mann lachte böse. »Jedes einzelne davon. Schmutzige Gestaltwandlerbestien. Und noch dazu armselig. Ich hätte mir von deiner Art mehr versprochen. Ich habe sogar jedem Einzelnen von ihnen eine Möglichkeit zur Flucht gegeben. Es ist nicht meine Schuld, dass der Jäger mächtiger war als sie.«

Dieser Mensch gab mit seinen Morden an. Und warum hatte er gemordet? Aus Spaß?

Ich werde ihm zeigen, wer ein Meister dieses Sports ist. Dmitri hatte ebenfalls Spaß an der Jagd, besonders auf diejenigen, die seinesgleichen töteten – so wie zum Beispiel der arme ausgestopfte Jorge, der in einer Ecke stand. Sein Lebensziel war es gewesen, im Garten zu arbeiten. Jetzt würde es keine Tomaten frisch vom Strauch geben. Das würde seiner Mutter nicht gefallen.

Mach dir keine Sorgen, Jorge, ich werde dich rächen. Und auch alle anderen, die durch die Hand dieses Idioten ermordet worden waren.

Doch erst musste er sich um die Legalität kümmern, es war nämlich verboten, Menschen aus Spaß zu töten. Diese verdammten Spielverderber, die die Macht innehatten. »Frau, bitte merke dir, falls wir später vor Gericht dazu befragt werden, dass dieser Mensch zugegeben hat, unseresgleichen gejagt und ermordet zu haben. Es handelt sich hierbei meines Erachtens um Hassmorde. Der Mensch zeigt eine beunruhigende Ignoranz für das, was er getan hat, und ist generell ...« Dmitri hielt inne und suchte nach dem richtigen Wort.

Teena sagte es ihm, da sie sich jetzt ebenfalls zurückverwandelt hatte, und Gott sei Dank verdeckte der Stringtanga wenigstens einen Teil von ihr. »Ein Idiot.«

»Was?« Er hatte ganz vergessen, worüber er gesprochen hatte.

»Ich habe gesagt, der menschliche Jäger ist generell ein Idiot. Und das bedeutet, dass es nur ein Urteil geben kann.«

»Er ist schuldig und muss sterben.«

Klick. Jemand räusperte sich. »Entschuldigt bitte, aber ihr habt anscheinend beide vergessen, dass ich es bin, der die verdammte Knarre hält.«

»Oh je. Das war jetzt wirklich eher keine gute Idee«, murmelte Teena, bevor sie sich auf den Jäger warf.

Und genau in dem Moment setzte ihre enorme Superkraft ein, die er mittlerweile ihre dafür-sorgen-dass-Dinge-geschehen-Kraft nannte.

Brüll.

Kapitel Zweiundzwanzig

Teena flog auf den Kerl zu, der die Waffe hielt, und konnte nur hoffen, dass ihr übliches Unglück zuschlagen würde.

Oder hatte Dmitri recht? Hatte sie vielleicht nur eine andere alternative Art von Glück?

Als sie durch die Luft segelte, sich der Tatsache bewusst, dass ihre Brüste ungehindert vor ihr herflogen, konnte sie nur hoffen, dass sie den Menschen mit der Waffe ausreichend ablenken konnte, um die Oberhand zu gewinnen.

Sie hatte ihn ganz schön erschreckt.

Er hatte die Augen so weit zurückgedreht, dass man nur das Weiße sah, und sein Mund blieb offen stehen, als er vor ihr zurück stolperte und erneut mit dem Lauf seiner Pistole zielte. Er erholte sich genug, um den Abzug zu drücken, aber diese Art von Waffe hatte einen enormen Rückstoß. Die Waffe zuckte, der Lauf schwang herum und anscheinend hatte sie viel mit einer Scheune gemeinsam. Insofern als dass sie kaum zu verfehlen war.

Au.

Er hat mich getroffen.

Es war nur ein Streifschuss, gerade genug, um die Haut einzuritzen und sie zum Bluten zu bringen.

Er hätte genauso gut eine rote Fahne vor ihrem Mann schwenken können.

Anscheinend waren es nicht nur Tiger, die einen Sprung von vier Metern hinlegen konnten. Ihr Mann beugte seine muskulösen Oberschenkel und sprang durch die Luft, um auf dem Jäger zu landen.

Während er den Kopf des Menschen auf den Boden trommelte, knurrte er. »Du.« *Bumm.* »Schießt.« *Krach.* »Nicht.« *Peng.* »Auf meine Frau.« Er schlug mehrmals hintereinander zu. »Böser Mensch. Toter Mensch. Die Strafe wurde ausgeführt.«

Ein letztes Krachen und der Grund für all ihre Schwierigkeiten starrte mit totem Blick gegen die Decke, wo ein riesiger Adler an einer Angelschnur baumelte.

Der bewusste Teil von Teena fand die Gewalt abstoßend, aber das Raubtier in ihr – und angesichts dessen war sie mehr Jäger als Beute – mochte, dass sich ihr Gefährte um die Bedrohung gekümmert hatte. »Braves Kätzchen.« Sie schnurrte die Worte.

Er hatte es gehört. Mit seinem riesigen Körper wandte er sich zu ihr um, noch immer in Sprungbereitschaft. Mit einem Knurren ließ er ihren toten Feind fallen, doch die Gefahr, die von ihm ausging, war wie eine vibrierende Spannung, die wahrlich sexy war.

Sieh dir nur all diese nackte Haut an. Sie ist so nah und fleht mich geradezu an, sie zu lecken.

Wie wäre es, wenn er sich an ihr rieb? War es irgendetwas an ihrem Ausdruck oder die Tatsache, dass ihre Brustwarzen sich aufrichteten, oder spürte er dasselbe? Sie wusste es nicht und es war ja auch eigentlich egal.

Sie brauchten eigentlich keinen speziellen Grund, um

sich einander in die Arme zu werfen. Ihre Lippen trafen sich mit einer Leidenschaft, die sie atemlos machte.

»Wir müssen aufhören, immer so aufeinanderzutreffen«, stellte er fest.

»Wie meinst du das? Meinst du, von einer Katastrophe in die andere zu geraten? Daran kannst du dich schon mal gewöhnen. So ist das Leben mit mir nun mal. Wir müssen gemeinsame Momente miteinander verbringen, wo und wann wir können.« Sie biss ihn leicht in den Hals.

Natürlich bemerkte sie, wie ein Schauder ihn durchlief.

»Leg deine Beine um meine Hüfte.«

Sie tat wie geheißen, fragte aber trotzdem: »Warum?«

»Wir gehen nirgendwohin, bis ich dich zu der Meinen gemacht habe.«

»Äh, Dmitri, ich unterbreche dich ja nur ungern, aber wir gehen gerade irgendwohin und ich bin übrigens immer noch nicht offiziell die Deine.«

»Verwirre mich jetzt nicht mit Details, meine kleine Katze. Ich bin zu erregt, um klar denken zu können. Ich suche nur einen Ort, an dem ich dir die Hochzeitsnacht geben kann, die wir verpasst haben.«

»Wie wäre es gleich hier?«, fragte sie Dmitri, während sie durch eine Küche mit wunderbar glänzenden Ablageflächen gingen, wo eine ältere Dame Teig ausrollte. Obwohl sie momentan gerade erstarrt war und sie mit offenem Mund anstarrte, das Nudelholz über dem mehligen Teig erstarrt.

»Hallo Köchin. Ich werde jetzt meine Frau entjungfern, wonach ich wahrscheinlich sehr großen Hunger haben werde. Ich verdopple dein Gehalt, wenn du mir in ungefähr einer Stunde ein großes Frühstück für mich und mein Kätzchen hier vorbereitest.«

»Eine Stunde?«, kreischte Teena.

»Du hast recht. Das ist zu lang. In Anbetracht der Tatsache, wie sehr ich dich will, wird es wahrscheinlich eher fünfzehn Minuten dauern. Aber ich kann auf jeden Fall eine halbe Stunde lang auf das Essen warten. Während wir warten, können wir kuscheln.«

»Dmitri. Das ist so ... so ...«

»Russisch?«, schlug er grinsend vor.

Sie lachte. »Perfekt!«

Dmitri bewies großes Durchhaltevermögen bei der Suche nach einem Schlafzimmer für sie. Zwei Stockwerke die Treppe hinauf? Oben angekommen war er nicht mal außer Atem. Geriet er in Panik oder machte es ihm auch nur etwas aus, als plötzlich ein Feind mit einem Messer seinen Weg versperrte? Nein, er wich einfach seitlich aus. Der Mann sprang los, fiel über seinen eigenen geöffneten Schnürsenkel – so viel zum Thema Pech – und rollte die Treppe hinunter. Sie zuckte zusammen, als sie sah, wo sein Messer steckte.

Dmitri jubelte. »Sieh dir das mal an, mein Kätzchen. Du bist wie Kryptonit für meine Feinde.«

»Jetzt fängst du auch noch damit an, Sachen aus Comicbüchern zu zitieren – nicht mehr nur aus Liebesromanen?«

»Schließlich sind es die Superhelden, die die Frau jedes Mal abbekommen.« Er zwinkerte ihr zu, als er die Tür aufriss und sie mit dem Stiefel zuschlug.

»Sind wir schon da?«, neckte sie ihn.

»Das sind wir. Hiermit möchte ich dir etwas vorstellen: ein Bett.« Dann marschierte er mit einem Lächeln hinüber zu dem riesigen Bett und ließ sie auf die Matratze fallen.

Sie fiel auf die Sprungfedern. Sie zogen sich zusammen, entspannten sich dann wieder mit einem fast hörbaren *Boing* und warfen sie nach oben, was nicht schlimm gewesen wäre, wenn Dmitri nicht gleichzeitig losgesprungen wäre, um nach ihr zu greifen, das Bett jedoch seitlich traf und herabfiel. Er zerquetschte sie nicht, sondern landete einfach nur auf der Matratze, doch das qualitativ minderwertige Bett, das für Menschen gemacht worden war, hielt das gemeinsame Gewicht eines Tigers und einer Löwin nicht aus.

Krach. Bumm. Das Bett brach auf einer Seite zusammen und Teena wurde erneut herumgewirbelt und dabei diesmal aus dem Bett geschmissen.

Dies war ihr schon oft genug passiert, sodass sie genau wusste, wie sie sich einrollen, abrollen und dann auf dem dicken Fell, das auf dem Boden lag, landen musste – sie witterte, dass es Gott sei Dank keinem ihrer Art gehörte.

»Kätzchen! Komm sofort wieder aufs Bett.«

Sie drehte den Kopf, um zu sehen, dass Dmitri sich auf dem auf einer Seite zusammengesackten Bett auf den Rücken gedreht hatte. Da es noch drei weitere Beine hatte, die brechen konnten, blieb sie dort, wo es sicher war.

Aber einsam.

Sie tätschelte die Stelle neben sich. »Oh. Dmitri.«

»Nein. Hier befindet sich ein wunderbares Bett.«

Krach.

Ein weiteres Bein brach am Kopfende und die Neigung des Bettes änderte den Winkel und kippte Dmitri herunter. Er wartete nicht lange, um zu sehen, wo er landen würde. Er sprang, landete auf den Füßen und ragte vor ihr auf.

Über ein Meter achtzig wunderbar nackter Mann. Meins.

Oh ja.

Hatte ihr Blick sie verraten? Vielleicht war es die Tatsache, dass sie sich über die Lippen leckte, die seinen Blick zum Glühen brachte. Was auch immer der Grund war, innerhalb kürzester Zeit war er bei ihr, kniete auf dem Teppich und seine Lippen trafen auf ihre. Sie küssten einander leidenschaftlich, ungeachtet dessen, wo sie sich befanden. Jetzt gab es nur noch eins, das wichtig war.

Wir müssen uns berühren.

Es war keine Option mehr; es war eine Notwendigkeit.

Das Bedürfnis brannte in ihrem Inneren. Sie wollte ihn unbedingt in sich spüren, von ihm in Anspruch genommen werden – und ihn für sich beanspruchen. Für andere Gedanken gab es keinen Platz mehr in ihrem Gehirn.

Es schien, dass er das Gleiche empfand. Sein Mund mochte sich vielleicht damit begnügen, sie zu küssen, aber seine Hände waren auf einer Erkundungsmission.

Raue Fingerspitzen rieben die weiche Haut ihres Bauches, glitten über ihre Haut, begierig, zu berühren und zu verwöhnen. Und mit dem Mund ihre Haut zu erkunden. Eine Haut, die schon lange keine Dusche mehr gesehen hatte.

»Warte mal«, sagte sie. Sie ließ sich auf die Seite rollen, unterbrach die Umarmung und stellte sich hin.

Er hatte vielleicht: »Komm sofort wieder her. Ich bin noch nicht fertig«, gesagt, doch sie beachtete ihn nicht. Genau wie er selbst seinen eigenen Befehl ignorierte, sich ebenfalls hinstellte und knurrte: »Kätzchen.«

Hatte es damit zu tun, dass sie sich beim Weggehen auszog? Was ihr Ziel betraf, so hatte ein Schlafzimmer an einem Ort wie diesem genau das, was sie brauchte, nämlich ein Badezimmer und, noch besser, eine große begehbare Dusche.

Beim ersten Mal wollte sie zumindest sauber sein. Sauber, um all die schmutzigen Dinge noch mehr genießen zu können.

Nackt und stolz stand sie einen Moment lang da und sonnte sich in der Hitze seines schwelenden Blicks. Die Haut zwischen ihren Schultern kribbelte und war überempfindlich.

Sie konnte nicht widerstehen und schaute über ihre Schulter. Und sein Anblick raubte ihr den Atem.

Er ist großartig.

Der Tiger und seine Braut

Dunkle Haare, die durch ihr Tun zerzaust waren. Der Ausdruck auf seinem markanten Gesicht voller Verlangen.

Ein Verlangen nach ihr.

Sie trat in die Dusche und keuchte, als sie den Knopf drehte und das kalte Wasser über sie lief, doch es wurde schnell warm.

Seine Nasenflügel blähten sich, aber er sagte kein Wort. Das musste er nicht. Erotische Spannung strömte über ihn, sein ganzer Körper stand unter Spannung, bereit zu explodieren.

So gefährlich.

So heiß.

Meins.

»Komm her«, befahl sie ihm. Wer war diese mutige Teena? Diese sinnliche Verführerin, die nach ihm rief?

Konnte er ihre Gedanken lesen? Denn er antwortete: »Du gehörst mir.«

Besitzansprüche konnten so verdammt sexy sein.

Er kam zu ihr, ihr Ehemann und bald auch ihr Geliebter. Und schon wurde es in der großen Dusche eng.

Es war perfekt. Sein Körper strich über ihren und setzte all ihre Nervenenden in Flammen. Er ließ seine Hände kreisförmig über ihren Rücken gleiten, wobei die Kreise immer größer wurden. Er baute die Spannung auf, kam näher und immer näher zu ...

»Aaah.« Sie legte den Kopf in den Nacken und seufzte. Er umschlang mit den Händen ihre Brüste, wusch sie mit seinen großen Handflächen. Er drückte sanft zu und verursachte damit eine wohlige Gänsehaut.

Er drückte sie gegen die kalte Wand der Dusche, sein großer Körper an sie gepresst. Er ließ einen Oberschenkel zwischen ihre Beine gleiten und sie genoss es, sich an dem harten Muskel festzuhalten und zu reiben.

Sie rieb ihre Muschi genüsslich an ihm. Aber das war es nicht, was sie letztendlich wollte.

Sie ließ ihre Hand nach unten gleiten und umfasste seinen Schwanz, den sie kaum mit der Hand umschließen konnte.

Er war so groß. Und so lang ... Sie ließ ihre Hand über die samtige Härte gleiten. Er war so hart, steinhart, und doch voller Leben. Sein Schwanz wurde härter und begann zu pulsieren, während sie damit spielte. Jedes Mal wenn sie bemerkte, wie sehr er es genoss, jagte ein Schauer durch ihre Muschi.

Jetzt. Bitte jetzt.

Sie musste es laut geflüstert haben, denn er antwortete: »Ja. Aber nicht hier.«

Er trat aus der Dusche und sie hätte am liebsten losgeweint, weil sie ihn nicht mehr spürte. Doch er zog sie schnell hinter sich her, wickelte sie in ein kuscheliges Handtuch, nahm sie auf den Arm und trat ins Schlafzimmer. Das Bett war noch immer in einem komischen Winkel geneigt.

Das schien ihm sehr viel auszumachen. Der arme Mann mit seiner Obsession, ihr erstes Mal perfekt zu gestalten.

»Ich weiß, dass du es das erste Mal gern im Bett tun würdest, aber steht in vielen Liebesgeschichten nicht, dass ein Fell vor dem Feuer genauso gut ist?«

Sie hatten Glück, dass es sich um einen Gaskamin handelte, denn Dmitri setzte sie auf dem kuscheligen Teppich ab und bestand darauf, es anzuzünden, um es gemütlicher zu haben.

Sie hätte sich beschweren können, außer dass es ihr einen Moment Zeit gab, sich zu beruhigen und die Bewegung seines Hinterns zu bewundern, während er nach dem Einschaltknopf suchte, um den gasbetriebenen Kamin zu aktivieren.

Flackernde Flammen tanzten hinter ihm, als er sich mit

einem zufriedenen Gesichtsausdruck umdrehte. Er kam wieder zu ihr, beugte sich hinunter und küsste sie, bevor er sich wieder an sie schmiegte.

Hatte sie gedacht, dass sie sich während der Pause beruhigt hat? Niemals. Das Verlangen erwachte zum Leben, noch intensiver als zuvor. Ihre pochende Muschi verlangte nach Befriedigung.

Sie vergrub ihre Finger in seinem Haar und hielt ihn dicht an sich gedrückt, während sie ihm ihre Hüften entgegenstreckte.

Sie biss ihn in die Unterlippe, woraufhin er leise lachte.

»Bist du bereit für mich, kleines Kätzchen?«

Ob er endlich aufhören würde, sie zu quälen? Sie biss ihm in den Hals, und zwar fest, sodass er sogar ein wenig blutete, sodass sie eine umso ursprünglichere Art erfuhr, ihren Mann zu schmecken.

Er machte ein Geräusch, wie sie es noch nie gehört hatte, eine Mischung aus Brüllen und Stöhnen.

Und damit war es um ihn geschehen.

Die Spitze seines riesigen Schwanzes drängte sich zwischen ihre Schamlippen. Tauchte in ihren Honig ein, wurde feucht. Währenddessen küsste er sie voller Leidenschaft und drang dann vorsichtig in sie ein.

Oh mein Gott.

Es war anders als alles, was sie sich jemals vorgestellt hatte ... Sie wurde tatsächlich gedehnt, es war ungewöhnlich und ... überaus angenehm. Er mochte vielleicht ausgesprochen groß sein, doch es tat nicht weh.

Sie vergrub ihre Fingernägel in seinen Schulterblättern und bog den Rücken durch, als er in sie eindrang. Kurz darauf spürte sie einen reißenden Schmerz.

Er hatte ihr Jungfernhäutchen durchbrochen.

... und er hörte nicht auf.

Sie keuchte stockend, ihr ganzer Körper angespannt. Er rieb seine Hüften an ihr, das Gefühl war einfach unglaublich.

Ihr Mund öffnete sich zu einem lautlosen Schrei. Sie bog den Rücken noch weiter durch. Sie hielt sich an ihm fest und stieß sich gleichzeitig von ihm ab.

Wie intensiv es war. Wie unglaublich ... Wie –

Etwas wie eine langsame Welle, eine enorm große, gefolgt von weiteren kleineren Wellen, rollte durch ihren gesamten Körper.

Vielleicht hatte sie seinen Namen gerufen. Vielleicht war sie gestorben.

Doch eins stand unumstößlich fest.

Er gehört mir.

23

Kapitel Dreiundzwanzig

SIE GEHÖRT MIR.

Es mochte vielleicht ein primitiver Gedanke sein, aber dennoch passend in Anbetracht der Tatsache, dass er sie ins Ohr biss. Einige mochten es, ein Zeichen auf der Haut am Hals oder der oberen Schulter zu hinterlassen. Aber Dmitri bevorzugte diese sensiblen kleinen Öhrchen.

Also machte er sie zu der Seinen, indem er seine Markierung dort anbrachte.

Diese ganze Sache hatte etwas Besonderes an sich, oder vielleicht war es auch das Hintergrundwissen, das es zu etwas Besonderem machte. Nun war er wahrlich mit dieser Frau verheiratet.

Sie würden ihr Leben miteinander verbringen.

»Was denkst du?«, fragte sie, als sie wieder zu Atem gekommen war.

Er fing den Blick ihrer bernsteinfarbenen Augen auf und lächelte. »Nur dass du perfekt bist.«

»Feuer.«

»Ja, heiß bist du auch.«

»Nein, ich meine echtes Feuer. Dreh dich mal um.«

Und tatsächlich, während ihrer ziemlich anstrengenden Tätigkeit hatte das Fell, auf dem sie lagen, sich verschoben und war gegen den offenen Kamin gerutscht. Flammen züngelten am Rand des Felles.

Die arme Teena sah schockiert aus. »Es tut mir leid. Ich hätte nicht zulassen dürfen, dass du in meiner Gegenwart ein offenes Feuer entzündest.«

Aber Dmitri fluchte nicht und verfiel auch nicht in Panik. Er lachte nur, sprang auf die Füße und schüttete den Inhalt einer Vase auf das Fell. »Mach dir keine Sorgen. Ich habe es schon gelöscht.« Er drehte sich um und wedelte mit dem Finger vor ihr hin und her. »Wage es ja nicht, dich zu entschuldigen, mein Kätzchen. Ich bin davon überzeugt, dass deine Fähigkeiten perfekt zum Einsatz kommen.«

»Inwiefern?«

»Ich sage voraus, dass in deiner Gegenwart das Bauwesen einen Boom erleben wird, und davon gehört mir schon ein guter Anteil. In Zukunft werden wir wohl viele Dinnerpartys und Veranstaltungen besuchen.«

»Dmitri!« Bevor sie noch ein weiteres Wort sagen konnte – und bei der Belustigung in ihren Augen ging er davon aus, dass ihr Entsetzen nur gespielt war –, wurde die Tür zum Zimmer aufgetreten.

Und während die Tür sich noch öffnete, hatte Dmitri sich schon in Bewegung gesetzt. Mit einer Hand hatte er sich die Decke vom Bett geschnappt, sie über Teena geworfen und sich dann in gedruckter Stellung sprungbereit vor sie gestellt.

Dann stöhnte er, als sein frischgebackener Schwiegervater brüllte: »Keine Angst, meine Kleine. Dein Daddy ist hier!« Und obwohl er mit der Waffe zielte, schoss er nicht.

Nicht zu fassen, aber ich glaube, mein neuer Schwiegervater mag mich. Seine Tochter schien ihn momentan jedenfalls nicht zu mögen.

»Daddy, verschwinde!«, kreischte sie mit hochrotem Kopf und zog sich die Decke, die er ihr gegeben hatte, bis ans Kinn.

»Aber ich bin hier, um dich, äh ... zu retten?« Peter sah von Dmitri, der lächelte und mit den Achseln zuckte, zu seiner Tochter auf dem Boden, die ihn böse anstarrte.

»Verdammte Scheiße, sag mir jetzt nicht, du hast mit diesem verfluchten Russen geschlafen.«

»Das habe ich sehr wohl, und hörst du bitte auf, ihn so zu nennen?«

»Sonst?«

»Zwinge mich nicht dazu, dir Mommy auf den Hals zu hetzen.«

Peter erschauderte. »Also, das wäre wohl wirklich übertrieben grausam, meine Kleine.«

»Wer ist grausam?«, fragte Sasha, die ins Zimmer geschlendert kam. Sie pfiff sehr undamenhaft durch ihre Zähne, als sie das zusammengebrochene Bett, den verkohlten Teppich und die errötende Braut auf dem Boden sah – die übrigens nicht noch weiter erröten konnte, selbst wenn sie es versucht hätte.

Nein, Moment. Das stimmte nicht. Es handelte sich bei ihr um einen völlig neuen Rotton, der noch nie zuvor gesehen worden war.

»Wo ist mein Sohn? Was hat dieser *Mensch* ihm angetan?«

Er konnte nur allzu gut verstehen, warum seine Braut so rot war. War es unmännlich zuzugeben, dass er am liebsten mit seiner Braut unter die Decke gekrochen wäre?

Aber immerhin würden sie ihr erstes gemeinsames Mal nicht so leicht vergessen.

Und kurz darauf gab er ihr eine Hochzeit, an die man sich noch lange erinnern würde – und auf der es keinen Bedarf für Schlafmittel gab! Er lud sogar ihre Familie ein. Unglaublich, dass er gemeinhin für verrückt gehalten wurde.

Nachdem er einige ihrer Verwandten kennengelernt hatte, sollten die anderen ihre Meinung überdenken.

Der Tag, an dem sie zum zweiten Mal heirateten, war wunderschön. Die Braut trug weiß, obwohl seine Mutter darauf gepocht hatte, dass das unpassend war, besonders weil sie mitten im Akt erwischt worden waren. Aber was diese Sache anbelangte, setzte Teenas Mutter sich durch. Niemand wusste ganz genau, was hinter geschlossenen Türen passierte, aber das Poltern und die zerzausten Frisuren, als die beiden Matriarchinnen aus dem Zimmer kamen, gaben Anlass zu Spekulationen.

Trotz des Priesters, der über den Saum seiner Robe stolperte und die Blumen zermalmte, des Organisten, der eine Hand gebrochen hatte und nur tiefe Akkorde spielte, sowie des Caterers, der im letzten Moment krank wurde, sodass sie in großen Mengen Fast Food bestellen mussten, war der Tag perfekt.

Teena war perfekt.

Sie gehört mir.

Die Braut des Tigers, und als er später in dieser Nacht flüsterte, während er sie in einem Bett – ENDLICH – in seinen Armen hielt, ihre Haut noch erhitzt vor Vergnügen, versicherte er ihr: »Du sollst immer wissen, dass ich dich gewählt habe.«

Und was noch großartiger war, auch sie hatte ihn gewählt.

Epilog

UNGEFÄHR NEUN MONATE SPÄTER, UND JA, DMITRIS Mutter hatte mitgezählt.

SCHREI JETZT NICHT. DAS IST UNMÄNNLICH.
Dmitri gelang es, sich zurückzuhalten, aber gerade so. Seine Frau hatte einen mörderischen Griff, besonders bei Schmerzen, aber er konnte es ertragen, um ihr zu helfen, auch wenn er vielleicht nie wieder einen Stift halten würde. Er hielt die Hand seiner Frau und schaffte es, nicht zusammenzuzucken, selbst als sie sie zermalmte. Sie hatte Schweißperlen auf der Stirn und sie keuchte, als die Wehen einsetzten.

Er murmelte unterstützende Worte. Er hatte seine Lektion gelernt. Dmitri hatte nur ein Mal gefragt, wie Frauen den Schmerz des Verwandelns so gut ertragen konnten und sich trotzdem beim Kinderkriegen so anstellten. Großmutter, die dreizehn Junge geboren hatte, hatte ihm an diesem Tag eine wertvolle Lektion erteilt.

Während seine Frau presste, erinnerte er sich daran, dass er sich überlegt hatte, ob er dabei sein wollte, wenn sein Kind geboren wurde. Seine Mutter hielt es für ungebührlich, dass ein Lord bei der Frauenarbeit dabei war. Seine Großmutter war entsetzt. Seine Schwester verspottete ihn jedoch. »Weichei«, hatte sie verächtlich gesagt, als er ihr mitgeteilt hatte, warum er nicht mit in den Geburtsraum kommen wollte.

Aber welcher Mann würde es zulassen, dass man seine Männlichkeit infrage stellte? Als die Hebamme eintraf, blieb Dmitri im Raum, stellte sich ans Kopfende des Bettes und freute sich auf die Ankunft seines Kindes, war dabei jedoch gleichzeitig schockiert von all den Schmerzen, die sein kleines Kätzchen durchmachen musste.

»Wir hätten in ein Krankenhaus gehen sollen, wo man dir etwas gegen die Schmerzen geben kann«, sagte er, als eine weitere Welle Teenas Körper durchlief.

»Keine Medikamente«, keuchte sie. »Das. Ganze. Ist. Normal!«, rief sie, als erneut eine Wehe einsetzte.

Normal? Dmitri war sich nicht sicher, ob er dem vorbehaltlos zustimmte, doch jetzt war es zu spät, es sich anders zu überlegen. Das Baby war auf dem Weg. Sein Sohn. Sein Abbild in klein. Der männliche Adel, der seinen Namen und seine Dynastie fortführen würde.

Oder zumindest nahm er das an. Während der Ultraschalluntersuchung war es aufgrund der Lage der Plazenta nie möglich gewesen, das Geschlecht genau zu bestimmen, und Teena hatte jede andere Art von Test verweigert mit der Behauptung, sie wollte sich überraschen lassen.

Überraschung. Das war das Wort, das ihr gemeinsames Leben am besten beschrieb. Mit seiner Frau war jeder Tag ein neues Abenteuer. Seine Schnelligkeit und Beweglichkeit machten enorme Fortschritte, während er den Kräften des

Chaos auswich, sie abwehrte und bekämpfte, die seiner Frau zu folgen schienen.

Nun, da sie einen Helden auf ihrer Seite hatte, gab selbst sie gegenüber Dmitri zu, dass ihre Kräfte vielleicht gar nicht so schlimm waren. Hauptsächlich deshalb, weil sie einander hatten. Und schon bald ihren Sohn.

Mit viel Blut und anderen Flüssigkeiten und Geschrei – ein Teil davon von ihm – kam sein Sohn auf die Welt.

Dmitri war ein wenig schwindelig, also ließ er sich auf den Hocker neben dem Bett seiner Frau fallen, ihre Hand noch immer in seiner. Blinzelnd betrachtete er das Baby, sein Kind, dem die Nabelschnur durchgeschnitten und das jetzt in eine Decke gewickelt wurde.

Die Hebamme überreichte ihm das Bündel. »Ihre Tochter, Mylord.«

Eine Tochter? Aber er hatte einen Sohn bestellt. Der Hebamme schien das allerdings egal zu sein. Sie überreichte ihm das schreiende Baby. Es war so leicht. Er spürte sein Gewicht in seinen Armen kaum. Er betrachtete es und sah nur das kleine Gesichtchen, das aus der Decke hervorlugte.

Ihre Blicke trafen einander. Es hörte auf zu schreien.

Riesige blaue Augen blinzelten ihn unter den Wimpern hervor an. Das kleine rosa Mündchen war geschürzt und verzog sich dann zu einem Lächeln – was seiner Meinung nach von Blähungen verursacht worden war, und keiner konnte ihn vom Gegenteil überzeugen.

Sein Herz ging auf und sein Atem blieb ihm in der Kehle stecken. *Das ist meine Tochter.*

Mein Kind. Meine Tochter.

Und guter Gott, mit seinen Genen und denen ihrer Mutter war sie perfekt. Mehr als nur perfekt. Unglaublich. Und irgendwann würden auch die Jungs bemerken, wie fantastisch sie war, und das würde bedeuten …

All die verschiedenen Erkenntnisse gingen ihm durch den Kopf, während er seine Tochter fest an sich presste und Pläne für eine größere Burg machte. Eine mit einem Graben. Gefüllt mit Alligatoren.

Oh, und Wachtürme. Besetzt mit Waffen.

Und ...

»Das ist nicht die Plazenta. Da kommt noch ein Baby!«, rief die Hebamme und unterbrach damit seine innere Erleuchtung.

Noch ein Baby?

Tatsächlich. Innerhalb von Minuten hatte Dmitri zwei perfekte Töchter im Arm.

»Ich hoffe, du bist nicht enttäuscht. Ich weiß, dass du dir einen Sohn gewünscht hast«, sagte Teena und hielt die Arme hoch, damit er ihr auch ein Kind gab.

Während er ihr eines der Babys in den Arm legte, damit sie es kuscheln und die wunderbaren Kinder sehen konnte, die sie zur Welt gebracht hatte, konnte er nicht umhin zu lächeln.

»Enttäuscht? Niemals. Meine kleinen Czarinas werden jeden mit ihrer Schönheit verzaubern. Die ganze Welt regieren.« Während er weitere Ausführungen darüber anstellte, wie viele großartige Eigenschaften ihre Kinder haben würden, lächelte seine Frau und sagte leise: »Ich liebe dich.«

Und das Beste daran war: »Ich liebe dich auch, mein kleines Kätzchen.« Jetzt und bis in alle Ewigkeit.

END E? NEIN.
~ WENN EINE LÖWIN FAUCHT (BUCH 5) (ERHÄLTLICH AB ENDE MAI 2020)

~ **Ende** ~

www.ingramcontent.com/pod-product-compliance
Ingram Content Group UK Ltd.
Pitfield, Milton Keynes, MK11 3LW, UK
UKHW042002230426
12048UKWH00009B/484